U0137682

仿佛若有光

女主播抑郁症日记

青音 蒋术著

海峡出版发行集团 | 鹭江出版社
THE STRAITS PUBLISHING & DISTRIBUTING GROUP | LUJIANG PUBLISHING HOUSE

2016年·厦门

拥抱你的抑郁

武志红

抑郁症，也许是最广为人知的心理疾病了。

平常生活中谈起抑郁症时，人们容易使用这样的逻辑——试着开心一点，多找找人陪，好好锻炼锻炼身体……你会好起来的。

这种逻辑，是在轻视抑郁症。

当专业人士和患者谈抑郁症时，又容易闻到这样的味道：抑郁症很可怕，你用什么样的词汇，都不足以描绘抑郁症患者的感受，请小心谨慎地对待抑郁症与患者……

这种逻辑，则是在传递抑郁症中势必藏着的无力感。无力感，是抑郁症患者很容易有的感受，而如果你也这么认为，那意味着你认同了抑郁症患者投射过来的这种无力感。

那么，抑郁症到底是什么？

在我看来，抑郁症和其他各种心理问题一样，其实都是在通过痛苦，告诉你一些什么，而你若能聆听到症状中的这份讯息，你的抑郁症就没有白得。

更文艺的一句话，是一位高僧所说的：心一次次破碎，就是为了把心打开。

抑郁症带来的痛苦体验，也是这个目的，让你用心去感受一些东西，从而更好地将心打开。

也许有人会说，你没有得过抑郁症，你不知道⋯⋯

但恰好，我曾是抑郁症患者，而且抑郁的特质一直如影相随，跟随了我这一生。所以我既是患者，也是心理医生，可以从多个角度来谈谈它。

我是在北京大学读研究生时得的抑郁症，由头非常老套：失恋。抑郁症的经典症状"三低"，即情绪低落、思维迟缓、语言行为少，我都有；多次有轻生的动力；社会功能严重丧失，研二、研三两年只拿了一个学分，没法毕业，不得不申请延迟一年毕业。

期间，我在北大校外逛街时，两次被警察拦下，查我证件。估计是看我蓬头垢面的样子，怀疑我是逃犯啥的。

　　唯一不同的是，那两年我的睡眠特别好，简直是有生以来睡眠最好的两年，直到现在都没有那么好。抑郁症的晚睡早醒的症状，没有发生在我身上。

　　为什么？因为这两年，我无形中符合村上春树小说中常描述的情况——男主人公在情绪或境遇非常糟糕时，潜入井底，在井底就那么待着，结果发现了一条路，从井底走出来，正好是他要去的地方。即我没有和抑郁抗争，我就让自己和抑郁共处，在抑郁中那么待着。因为没有抗争，也没有丧失了人生目标等方面的追求，所以，我可以很彻底地在低落中入睡。

　　但假若只有这一点，抑郁也许会将我带到很可怕的地方。关键是，作为心理学系的研究生，作为发誓要将人研究明白的研究者，我同时在做自我观察：我任由低落的情绪流动，并在这时观察我的情绪情感、我的身体感受、我的思绪……

　　这种工作有了不可思议的效果。在抑郁症持续了快两年时，突然有一天，我感觉到了不同，就好像是我内心中本来有很多条河流，但它们过去是堵塞的，或者相互拧着的；但突然间这些河流通畅了，它们流动起来，而且流向一个方向，最终汇入大海或者一个大湖。

　　这时，我发现自己像是突然间具备了一种本领：任何小说、电影，我似乎都能看懂了；任何人的故事，我似乎都能听懂了。加上"似乎"是因为，这事当然没有这么绝对。但的的确确，我对人性的理解，一下子达到了一个对我来说不可思议的高度。

　　以《十诫》《蓝》《白》《红》《双面薇若妮卡》等影片闻名的波兰导演基耶斯洛夫斯基说，他一直在锲而不舍地分析自己、认识自己，因为如果弄不懂自己，你就不会懂得别人的故事。

　　在这两年的抑郁症中，我正是在试着弄懂自己，而在沉入井底的两年时间里，这种做法对我而言，的确是大有成效。现在知道，佛学中有"四念住"的修行方法，即身念住、受念住、心念住与法念住。即安住于身、安住于心、安住于感受、安住于法，以此观察自己。当我"沉入井底"，即是在观察自己的身、心、受。

　　用我自己的话说，就是我把自己交给内在感受的流动，我不抗争，也因而没有切断这份流动；与此同时，我又在观察我的脑袋在想些什么。对身体感受的流动和对思维之流的观察，带来了最终的变化。

　　虽然在北京大学心理学系读书，但这并非是学心理学而导致的有意识的做法，而是我自己自然而然的一种做法。它最终导致了改变。

这也是目前心理治疗的一种核心理念：治疗抑郁症，不是要消灭它；相反，是要拥抱它、接纳它、认识它。

其实这两年，我是感受走在前面，而思维远远落后，即感受上，一些卡住的东西流动了起来，这是疗愈的关键；而思维上，我并没有真正搞懂，到底是什么原因导致了这些转变。一直到现在，我还在不断认识，这份转变到底是怎么回事。

另外，当时的转变并不彻底，如我所说，虽然作为疾病的抑郁症消失了；但作为我个人风格的被动、消极、忧伤的底色却未真正改变。不过，我现在深切地体会到，这份底色也正在消失，我的人生从整体上正在完成一份蜕变。但要强调的是，这份蜕变，不是抗争的结果，不是要消灭抑郁这个可怕敌人的结果，而是拥抱它的结果。

讲了很长一段我自己的故事，再回到蒋术的《仿佛若有光——女主播抑郁症日记》上来。读蒋术的这些刻骨的文字，我感觉，她也是在做和我类似的工作——拥抱抑郁。虽然没有我那么有意识、那么坚决，但她细腻的笔触、深刻的体验，更胜于我。

如果你也曾有抑郁的体验，那么，读蒋术的这份日记，也会有类似的感觉，似乎你也可以更好地去拥抱你自己的体验了。

不过讲到这儿，我需要特别澄清一下——作为最广为人知的心理疾病，抑郁症现在像是一个筐，什么心理问题都往这里扔；但其实抑郁症有各种类型，它可以是一个单独的、以抑郁为主的疾病，也可以是一个并发症，各种严重的心理问题都可能伴随着抑郁症。所以，读一个抑郁的故事，并不必然导致对自己抑郁的深度了解。

而且，我自己的这个做法——沉入井底，也并不适合所有人。我后来逐渐明白，我能这么做，是因为我有一个比较强大的自我结构，它成了一个容器，可以容纳抑郁的可怕感受在其中流动，而不被抑郁撕碎。但如果你的自我这个容器不够强大，你感觉它很容易被你的抑郁撕碎，那么，你就很需要专业人士来作为一个外在的容器，容纳你的抑郁情绪在其中流动。

所以，像蒋术这样，认真地记日记，认真地找心理医生做治疗，是更为靠谱的方式。

但同时，我认为，治疗抑郁的关键，是将它视为朋友，视为自身的一部分，甚至可能是最重要的一部分，来认识，来拥抱，而不是将它视为敌人去消灭。

苦难，是我们通往成为自己之路的一个关键。爱斯基摩族的萨满依格加卡加克说，生命远非人智所及，它由伟大的孤寂中诞生，只有从苦难中才能触及。只有困厄与苦难才能使心眼打开，看到那不为他人所知的一切。

抑郁，作为一份常见的苦难，它可以打开你的心眼，这是一份礼物。

阅读——从揭露到治疗的文字路？

苏 禾

阅读，也可以是一种治疗吗？

我们或许听过，或许学习或应用过音乐、艺术、舞蹈等各种表达性治疗；而阅读，也可以是一种治疗吗？

什么样的书，使我必须读读停停？

仿佛顺着字字句句的穿越、串联，无法流动的，也哭不出来的眼泪汩汩从字间渗漏出来，然后是一种无声却撼动心界的尖叫在句点爆出。是的，当呐喊超过人耳能感受到的振动频率20000赫兹时，你听不见的超高频在页与页之间飞梭，原来，绝望以呐喊在呼唤希望。而在那个读读停停的下着雨的午后，我的心中一直有一种熟悉感……

　　蒋术，一位自抑郁症中跌跌撞撞站起来的主播；青音，一位倾听、陪伴抑郁症好友的心理师主播。那种熟悉感源自走过1000个抑郁日子的我、11年来以心理师身份陪伴抑郁症朋友的我、在台湾做主播的我。我们竟然在不同的生命经验与不同的角落中，遇见生命的沙漠和希望的渡口。在"仿佛若有光"之中……

　　"抑郁"如祭坛之路，为了活下去，就要穿越生活的仪式。

　　"什么样的疾病会把人折磨成这样？"

　　十四年前，在一个噩梦连连的晚上，我被困在抑郁症之中。一位当时一心想把我从死亡边界拉回地球的朋友，半夜听到我从噩梦中发出如鬼的悲号，他冲进我的房间，一把把我从床上拉起来，两手抓着我的左右两肩，一边用力想摇醒我，一边哭着大声问："什么样的疾病会把人折磨成这样？"月光从窗外斜入，照在朋友哭到扭曲的脸上。那是我第一次从朋友惨白的脸中，意识到我自己已经快不行了……

　　"什么样的疾病会把蒋术折磨成这样？"

　　蒋术写道："每天早晨起来，一想到要吃一日三餐，就发愁头大，经常是皱着眉很痛苦地吃饭，吃什么都味同嚼蜡，纯粹是为了活下去而吃饭。

其实我什么都吃不下，每顿饭只能吃一小口。吃完了就吐，也吐不出什么来，大多数时候就是干呕。无论是嘴还是胃，都没有任何食欲，每次到了饭点儿，我都不得不逼自己尽力吃几口。"

如果你看到了抑郁症中的混乱与失控，那么就会看到每一个混乱与失控的背后也隐藏着人类求生的意志。"吃完了就吐"的经验，于我而言太深刻了，但即便身体困难如此，还是一天天地为了活下去而吃饭；那时，"吃"和"吐"仿佛成为一种生活的仪式。对于得抑郁症的人而言，存在感是奢侈到需要时时刻刻去确保与证明的。

人为什么会攻击自己？

人确实是会自我攻击的，表现在生理上的疾病——自体免疫系统失调疾病——就有80多种，最常见的如类风湿性关节炎、艾滋病、1型糖尿病、红斑狼疮，等等。自体免疫疾病的致病原理，是由于免疫系统迷失了方向，从而攻击身体某些器官，而这些器官本来是由免疫系统负责保护的，但当其处于失控状态时，就会出现意想不到的混乱情况。

那么，心理上的疾病呢？

近年来的研究则着重于对患者主观的想法与认知的研究，如

Beck 提出的"无望理论"与抑郁的认知三要素——对过去、现在、未来都持负面的想法。

施耐德曼提出了"致命三角"的理论，即自我痛恨、极度焦躁、智力及视野受限窄化者，易导致自杀。

"揭露"带来恐惧，也带来自由。

蒋术写道："忽然就很想念那种疼痛，很想拿刀子割破皮肤，疼痛成为一种释放……有时候，这种自责会转换成仇恨，恨自己，也恨世界为什么没有一个人可以原谅我？"

美国心理学家马丁·塞利格曼更以"创伤经验及内在冲突"的理论说出了抑郁症的黑色围墙。但是，谁没有过内在冲突呢？人生中两难的选择不是时而有之吗？当看到青音从"不是抑郁症，但是感觉好抑郁"，谈及"抑郁和抑郁症有区别吗"的时候，我真的会心地笑了。如果在我们陷入自我伤害、自我攻击之前，愿意面对或说出自我否定的冲突，说出"感觉好抑郁"、说出"恨自己"，那么这些都会成为我们呼救的讯息，也是通往不让自己被恐惧绑架的自由之路。

在恐惧中的深刻"揭露"，为她带来一次次的自由——

尖叫和嘶吼成了我愉快而短暂的发泄方式，可是事后又会陷入更深的忧伤和自责。

……

有一天早晨醒来之后，我发现浑身都是伤……可我忽然发现那种疼痛让我觉得很舒服。

在陪伴抑郁症友的路上，最难的就是陪他去看内心深处隐藏的黑暗。"揭露"确实常常带动着难以承受的恐惧，但一旦愿意正视情何以堪的人生之种种时，不同的心声就有了调和与对话的机会。当内在的我慢慢在惊声尖叫中放松时，心就渐能自由了。

舞蹈治疗大师安娜说："不以生命中的困境来分析一个人，而将之看成是雕塑这个人的美好动力。"

我在青音和蒋术身上看到的美好动力，字字句句收藏在这本书里。

苏禾，台湾知名媒体人、台湾金钟奖节目主持、编导、二级心理咨询师、"肯爱"协会秘书长、台北市政府心理健康市政委员。在经历了1000多个忧郁症的日子后，转而投身于抑郁症的防治工作。

亲爱的，不怕，有爱在

青　音

　　我努力想把自己的文字再铺陈得绵软一点，就像带着阳光味道的草垛子，为的是当心灵的痛苦突然降落的时候，我们不至于觉得太疼。但是做到这一点好像很困难，因为一个没有真正得过抑郁症的人，其实无法真正地理解一个抑郁症患者的感受，也无法写出讨人喜欢的话。然而，我还是决定就这么冒昧地写下去，写出一个没有得过抑郁症的人试着去接纳抑郁症世界的诚意，尽管我对那个世界并不能完全理解："亲爱的，无论你多糟糕都没关系，我在，我会一直在……"

　　我大概是国内第一个长时间地、系统地在全国普及抑郁症的相关知识的媒体人。那时是 1999 年，我大学还没毕业。

当时，中央人民广播电台的《星星夜谈》（后来更名为《情感世界》）是仅次于《新闻和报纸摘要》、一度位列收听率第二名的节目。我很荣幸地成为这一知名心理访谈节目的主持人。当年，李子勋、杨凤池、贾晓明、唐登华、陶勑恒等现在在国内心理治疗界颇有声望的心理学专家是我节目的常客。我们每周见面，聊心理话题、梳理听众来信、做心理访谈。《亲子关系心理》《青春期心理》《认识神经症》《学习爱》《情绪与情感》《我是女生》等一系列的心理访谈节目每天会跟全国听众见面——我是节目最大的受益者，因为我每天在做心理节目的同时都在跟着专家们上"心理课"。

也就是在那个时候，我得知了"抑郁症"这个词，知道它不是简简单单的"想不开"或是"性格太内向"。它是每个人都有可能得的"心灵感冒"，但是它病程长、易反复、需要配合药物治疗，而且它有着极大的杀伤力——会导致自杀。可是在那时，人们普遍认为看心理医生是"疯了"的人才会去做的事，而因为"不高兴"要去看病，简直是羞死人了！

后来，我的身边陆陆续续出现了好几个不同程度地患有抑郁症的朋友：

那个曾给我写信，向我倾诉"活着真是没意思"的大学同学，在他当上副科长的第二天，吃了安眠药，永远地离开了；

那个半夜打电话跟我说想杀死新生小宝宝的闺蜜，后来在我为其介绍的心理治疗师的帮助下，花了一年半的时间才抑制住产后抑郁症；

那个曾做客我节目的知名演员，当时因为全身大面积烧伤而患上了抑郁症，好在是家人的爱把他一次次地从死亡的边缘拉了回来。然而，当他做客我的节目，提到抑郁症时，依然泪流满面；

我的一位干练果敢的大姐，因为得了抑郁症的女儿闹自杀，她在似火的骄阳底下，绝望地一边痛哭一边打电话向我求助。终于，花了三年的时间，使她女儿的病情得到了控制；

……

2014年7月，好友蒋术得了抑郁症。8月，在征得她的同意后，我把她的"抑郁症日记"公布在了我的微信公众号"青音"上，"日记"引起了许多人的关注，好多朋友尤其是媒体界的朋友被深深震撼——原来抑郁症竟是这样的！2014年9月，蒋术决定和"青音工作室"一起将"女主播抑郁症日记"出版。这不是一本单纯的病历记录，这本书里有患者真实的感受，有家人真切的声音，也有我作为一名媒体人、一名心理治疗师对抑郁症的详尽解读。我们力求摒弃各种令人费解的心理学专业术语，用最简单、最通俗的话带你认识抑郁症，希望潜在的抑郁症患者及其家人能通过这本书寻找到解决方法，也希望全社会能最大限度地理解抑郁症患者的痛苦，至少做到不再误解和伤害他们。

　　蒋术一直称得上是令我"崇拜"的一位闺蜜。她的文字功力是我所不能及的，我常常跟徐冰主任说："蒋胖胖是天才，我只是个认真的人而已。"希望这本"天才"加"认真"的书能带给你阅读的美好感受——不怕，有爱在！

目录

 第
一
篇 **仿佛若有光**
（蒋术）

第二篇 为你的心撑起伞（青音）

第
三　抑路碎语
篇　（网友自述征集）

第一篇 仿佛若有光
（蒋术）

2014年7月10日
原来重度抑郁是这样的

今天是2014年7月10日。在一个多星期前的2014年7月2日，我被医院确诊得了抑郁症，而且医生说偏重度，建议我直接住院。

我完全地、彻底地不相信。我觉得太好笑了。虽然我认识那么多抑郁症患者，可是我认识的第一个重度抑郁症患者居然是我自己！因为对医生不信任，我拒绝接受任何治疗，但是好友拿我的处方帮我买了药。随后，我又换了一家医院，结论也是——疑似重度抑郁！建议休假治疗，必须吃药。

好吧，药不能停。——这句话实实在在地砸在我身上了。

医生给我留了作业，开了第一张疗程5天的病假条，我开始安安静静地吃药、写作业、休息。

原来重度抑郁症患者还可以是这样的？

我能睡觉，而且一天可以睡10个小时，白天睡、晚上睡，上午睡、下午睡，我都能睡着。虽然中途会断断续续地醒来，早晨也醒得很早，但是我很少失眠。

我能社交：聚餐、聊天、应酬、开会、谈事儿，统统不在话下。

我能工作：写稿、主持、策划、编辑，我都能干，并且干得还不赖。

我能笑：大多数人觉得好笑的事情，我也会觉得好笑，笑出声来。我还能在朋友圈里发段子，发有趣的文字。我甚至觉得自己天赋异禀，可以把所有的事情都变成笑话讲出来。逗比自己，娱乐他人。

——你见过这样的抑郁症患者吗？

不过，你一定会问：那你为什么要去看医生呢？

首先，我的身体向我发出了警告。我常常会觉得喉咙里堵了东西，如鲠在喉。最初我以为是咽炎，吃了咽炎片，但是不管用，而且我越来越不愿意说话了。我越来越高兴不起来了。

我现在就是部座机，不能移动。只要从 A 点移动到 B 点，无论是乘坐何种交通工具，我都会感觉像被闷在罐子里：吐、喉咙哽住说不出话、喘不上气。如果坐在一个安静的地方不动，就会好很多。

我感觉世界就是个大咪咪，把我罩住了，而且它还得了增生。我大概得了"人挪活、树挪死综合征"。这是什么怪毛病？你有药吗？

接着是肠胃。每天早晨起来，一想到要吃三餐，就发愁头大，经常是皱着眉很痛苦地吃饭，吃什么都味同嚼蜡，纯粹是为了活下去而吃饭。无论谁说带我去吃什么美食，我都没有多大兴趣，但我会喊着"好呀！好呀！"热情配合。其实我什么都吃不下，每顿饭只能吃一小口。

吃完了就吐，却吐不出什么，大多数时候是干呕。无论是嘴还是胃，都没有任何食欲，每次到了饭点儿，我都不得不逼自己尽力吃几口。

我不想上班，不想会友，恨不得从早到晚瘫在床上，不想拉开窗帘，不想接电话，偶尔会发发微信，但是很烦人问候。遇到"你怎么了？"的那种关怀，我就惊慌得不知所措，马上逃走。

其次，我的脾气变得越来越暴躁，这种暴躁不是对别人，而是对自己。我经常生自己的气，急起来甚至会去厨房抄刀子。我觉得自己憋着满肚子的气要撒，恨不得杀个人什么的。气完之后是深深的自责，我觉得自己一切都做错了，觉得自己极度不堪，觉得全世界都看不起我：在大家眼里，我大概是最幼稚、逗比、可笑的人吧？

我曾经以为这是阶段性的压抑和心情不好的表现。于是，我尝试给自己打气，看很多很多正能量的例子，和正能量的朋友交往，去拳馆做运动，也做很多好玩的事情，还尝试做一些新的工作和兼职，交新的朋友，学画画。我觉得如果自己生活得积极努力一点，多多尝试新鲜事物，心情就会好起来。但是，我没有什么真正感兴趣的事情，都是自己推着自己在拼命往前走。

后来我开始抽烟、喝酒。抽烟是为了镇静，喝酒是为了哭。我特别想哭，看到别人哭我就很羡慕。但是我泪点特别高，无论如何都哭不出来。最初，喝酒对于催哭是有效的，喝多了之后能哭出来一点，可很快就无效了：流不出眼泪，心脏疼、头疼。有时候在我喝了一点酒之后，谁都不能碰我，我只想把自己关进厕所里。有一次，好友橘子抱住我并试图安慰我，可我拼命嘶吼着把她推开，歇斯底里地尖叫，叫到嗓音的极限。忽然发现，大叫的时候是我感觉最舒服的时候，那时候觉得世界全都消失了，一片空白，很释放。

尖叫和嘶吼成了我愉快而短暂的发泄方式，可是事后我又会陷入更深的忧伤和自责之中。这实在不是一种健康的活法，我过得太不堪了。

有一次我喝醉了，子夜一点，一个人浑身泥水、光着脚，在街边哭哭笑笑了一小时，无处可去，也不想回家。路边有车灯闪过的时候，我多么希望那些车能撞上自己，结束这一切。

我买了好多好多保险，如果被撞死了，还能留下一笔遗产。我不止一次幻想过死亡，世界末日是一件多么值得期待的事情，所有爱的、不爱的、痛的、甜的，都可以结束了。

为了缓解心情，我尝试了旅游，最初是想去普陀寺庙里静一静，或者去个江浙小镇什么的。后来我觉得有生之年必须要去一次伊朗，于是我迅速买了去伊朗的机票。

去之前，我以为伊朗是一个战火纷飞的国度，我是把伊朗之行当作了人生最后一次旅行，带着"死哪儿算哪儿"的心态去的。在飞机上，我幻想着如果飞机断裂了，我会是什么死状呢？

到了伊朗，我发现一切平和，而且我还捡到了两个同行者。最初的几天对我而言，确实是治愈的：新鲜的风景、安静的国度和逃离现实让我获得了短暂的平静和快乐。可是在后来的行程中，我越来越消沉。我的同行者是两个年轻有为的帅哥，这让我每天都在内心里觉得自己是个失败的笨蛋。

我每天算不清账、找不对路，挫败感与日俱增。后来在伊斯法罕，我住进了一个像洞穴一样逼仄的旅馆，每天至少有一半的时间，我就在床上蛰伏着。空间越是狭小，我越有安全感。

毕竟花了这么多钱跑一趟伊朗，我逼着自己走走看看，可内心其实哪儿都不想去，就想在洞里趴着。我开始厌倦同行者。凌晨独自飞回德黑兰，在陌生的大街上晃荡，特别孤独，但又特别安静。

从伊朗回来，我经历了一个短暂的正能量阶段。我再度尝试多种方法，让自己积极起来、快乐起来、多做点事情……可是所有的努力，都是在被焦虑和不满推动着。这个正能量阶段维持了不到一星期。

接下来我与父母之间发生了家庭战争，我对他们充满了愧疚。每次吵完，我都为自己没有足够的力量和智慧来解决矛盾而深深自责。

刚好处在这个尴尬的年龄：开始关心爸妈，却不愿说出口；想多陪陪爸妈，却更贪恋坐在电脑前；知道爸妈想和自己说话，却不知道他们的话题要怎么接；看得到爸妈在变老，却仍不耐烦他们的过失；心里时时刻刻在愧疚，却依然带给他们落寞。

我也找朋友倾诉过，但结果是我愈发瞧不起自己，觉得自己给朋友添了麻烦，觉得自己变成了一个祥林嫂。我意识到这些只是廉价的家家酒。

有一天早晨醒来之后，我发现自己浑身都是伤：胳膊上一片青紫，腰背和大腿都很疼，膝盖破了。可我忽然发现那种疼痛让我觉得很舒服，我不自觉地去按压那些红肿的伤口，感受疼痛，我忽然觉得自己伤得还不够重、不够痛。

忽然很想念那种疼痛，很想拿刀子割破皮肤，疼痛成为一种释放。理智逼着我放下刀。然后我开始往墙上撞，撞桌子和墙角最锐利的角落。每次身体获得疼痛的时候，脑子就会空白一下，注意力就会转移到身体上。

我不怕疼，但我怕思考。

我满脑子是朋友和家人对我的指责：我逗比，我幼稚，我懒惰，我什么都不如别人，我给他们添了麻烦，我性格有问题，我要改正，都是关心我、为我好……每一句都是对我的肺腑之言和鼓励，然而每一句都是刀，我只懂得用自伤的方式抵挡。

在尝试了各种方式失败之后，我终于去看了心理医生。我其实是想让医生告诉我："你这只能算是心情不好，不是抑郁症。"我换了两家医院、三个医生，结论一致——抑郁症，偏重。医生给我开了文法拉辛胶囊。我开始了治疗抑郁症的日子。第一期是三个疗程，分别是4天、4天、9天，一共17天。

2014年7月11日
抑郁症不是"作"的

　　确诊之后，我花了至少三天的时间，才慢慢开始能接纳自己是个患者。我常常会跟自己说："你不是抑郁症。你看，你不是还能睡觉吗？你不是还能和朋友开玩笑吗？你不是还能聊微信发朋友圈吗？……"我希望这样的自我催眠能够起到治愈作用。

　　请了5天假，不去上班了。按时吃药，每天把药藏得妥妥帖帖，不被人发现。吃药之前我跟医生反复确认："吃了不会变得脑子迟钝吧？"同时，完成医生布置的作业。所谓"作业"，就是每天在情绪极端的时候，详细记下当时的时间、地点、人物、想法、情绪、事件。

　　起初，我不愿意穿彩色的衣服，每天只愿意穿黑色，因为我总觉得身边的人都死了，所以我得穿黑色的衣服。我不愿意拉开窗帘，不想吃饭；害怕接电话，不刷微信，卸载了朋友圈，我与身边的世界是零交流。

　　很快我就跟自己说："不能这样。要起来，去吃饭，去上班，去社交。"

于是我开始尝试着每天早晨强迫自己拉开窗帘，必须穿色彩明艳的衣服，和几个有安全感的朋友聊天。我不断地跟自己说："要学会原谅自己、接纳自己。"

一点点承认失败、放过自己的过程，特别特别难。因为我的脑子不仅没有变得迟钝，反而变得非常清醒，能想起来很多事情。我开始做自我分析，并把前尘旧事、亲朋故友等自己的一切都否定了。我觉得我对不起所有人，我辜负了一切，伤害了全世界。但没有任何人能原谅我。

于是我尝试用向当事人道歉的方式，让自己得到原谅。遗憾的是：这个方法失败了。

大多数人都说："啊？我不记得了。""这有什么好道歉的？""我们之间不存在原谅不原谅啊。"——这种安慰和豁达，反而使我更加挫败和难受，我觉得我的抱歉无人接纳。

想起小时候看过鲁迅写的《风筝》，文中说他小时候弄坏了别人的风筝，长大之后向别人道歉，想得到别人的原谅，可是别人说："啊？有过这种事吗？"鲁迅说："全然忘却，毫无怨恨，又有什么宽恕可言呢？无怨的恕，说谎罢了。我还能希求什么呢？我的心只得沉重着。"

有时候，这种自责会转换成仇恨，恨自己，也恨世界上为什么没有一个人可以原谅我？

最痛苦的是吃饭和走路。常常会饿，但是什么都不想吃，觉得饿着更舒服。我只是为了活命而强迫自己吃饭。尤其是下午，一到黄昏时刻，我就开始呕吐，想哭，想尖叫。

我总觉得可能自己不是得了抑郁症，而是得了一种间歇性精神病什么的。

大部分时候，我不想搭理任何人。我经常把手机调到飞行模式，因为我听到手机铃声响，就莫名地紧张。我不想知道这世界发生了什么，可我的工作逼迫我得去看资讯。编稿的时候，我常常走神，看着一个个的汉字，却全都不认识，半天都编不完一期稿子。看书坚持不了多久，看着看着就不认识字了。iPad 很久没有碰了，懒得看剧、玩游戏。

我就想一个人，一个人，一个人！歇斯底里地一个人。彻彻底底的安静。

唯一庆幸的是，老天厚待我，没有让我失眠。我也没有什么自杀的欲望，只是觉得如果被动地有人来结束一切也挺好。

休息了5天后，开始逼自己去上班，一方面是为了赚钱，另一方面是怕自己长时间不上班被父母发现，同时也怕自闭会加重病情。我理智上还是想积极地融入生活，可是这个班上得很难看。我每天在办公室挂着一张哭丧脸，我努力地想笑，特别努力，但是大概那个笑比哭还难看吧？

我每天看好多好多笑话，然后去看《东成西就》《蜡笔小新》，想让自己高兴起来，可没有什么能真正地戳中我的笑点，更没有什么能戳中我的泪点。大部分时间里，我在默默地生自己的气、恨自己。

经常不哭、不笑、不说话、不理人、不爱、不恨、不吃、不喝，我觉得自己活得像行尸走肉。我想起了南京那个被抑郁症折磨到自杀的女孩，她最初得抑郁症的时候，把自己的微博名字改成了"行尸走饭"，后来改成了"走饭"。

于是，我开始刷"走饭"的微博，忽然理解了她的每一句话、每一天的折磨和孤立无依，我懂得了她那时候有多么孤独、多么自责、多么渴望被理解而又多么胆怯。可表面看上去，她挺有趣。

那一刻，我终于明白，为什么说抑郁症是一种生理疾病，而不是性格问题，更不是"作"和"闲的"。

无论我找了多少快乐的事情来分散精力，无论我怎么鼓励自己"明天会更好""向前看""放空"，我还是吃不下饭，还是想吐，还是昏昏欲睡，还是提不起对任何东西的兴趣，还是不想说话，我还是无法控制地觉得自己失败透顶了……即使我可以编个段子、开个玩笑，我也控制不了内心深深的绝望的底色。我常常觉得自己被一个罐子罩住了，气都喘不上来，在路上走着走着就会腿发软，一屁股坐在马路牙子上，不想再挪动一步。

　　绝望，没有任何办法可以治愈的绝望，已经不想去改变的绝望，过一秒算一秒的绝望。

2014年7月14日
每个人都难免有被"卡住"的时候

有一天看到一篇科普文章，解释为什么有些人没有高原反应。我忽然想："不如去一趟高原吧，如果我因为高原反应而死在雪山上，应该还不错吧？"

常常幻想：如果我死了，第一个来给我收尸的人会是谁呢？

常常自责：为什么别人都过得比我好？就算很多人过得不如我，为什么他们都能把情绪控制得比我好？为什么他们的姿态都比我好？为什么他们的负能量可以不外泄？为什么我那么不堪？

刘瑜说："多么稀薄的生活啊，谁跟我接近都有了高原反应。"我觉得自己就是绝顶。

我能清楚地意识到自己的自伤倾向开始越来越严重。在医院做的心理测试中，我所有的症状都是中度、重度或者极重，只有"恐惧感"是轻度。我不怕疼，不怕死，不怕孤绝，活成了一个天不怕地不怕的姿态。我原本是个极度没有安全感的人，现在却毫无征兆地走向了另一个极端，但我也怕很多东西，我说不清那是什么。

删除了手机里很多负能量的照片，那些恐怖的、流泪的、哭泣的、虐心的，都删掉了，而那些欢乐的、积极的照片，那些昔日的美好，我也不想看，看着反而刺心。我根本不想看见欢乐和笑脸。

有时候很想示弱，说一大堆"我好累，我好希望被理解"之类的话，却不知道说给谁听。我常常想说："没有人理解我，我只有在看'走饭'的微博的时候，才觉得是有人能理解我的。"——可是我又觉得这样说出来简直太矫情了，而且反而会更加不被人理解。万一换来一大堆鼓励和同情，那就更加烦躁。

经过了这一场病，我开始觉得认真、安静地听别人说话有多么重要。特别特别重要。哪怕他说得琐碎重复，说得幼稚可笑，我也要至少安静地听他说完。有时候，不需要安慰他，不需要鼓励他，不需要替他支着儿，只要好好听他说完。

想起以前也有个抑郁症的朋友，经常找我来倾诉，我当时觉得："你这么聪明一个人，怎么会陷在这么小一个问题里出不来呢？"我也不耐烦地吼过她："这是你的问题，你要改。"她那天哭着对我大叫："好好好！你们都对！是！都是我的错！"我那时候还觉得她无理取闹，现在想想，觉得好抱歉，当时真是不理解啊。

后悔曾经那样对待我身边的朋友。我以为我在拼命给他们加油打气，我甚至用坚硬的语言想要把他们骂清醒……其实，都是因为我不理解。

心理医生说："如果你想杀人，那么公序良俗会告诉你，不能去杀，否则你就是个坏人。律师会告诉你，如果你杀人就要付出法律代价，可能还要偿命。而心理医生会告诉你，不要因为这个想法而自责不已。"

每个人都难免有被"卡住"的时候，有时候自己能把自己拨出来，有时候要靠朋友，有时候生病了，就只能靠医生和药物。

2014年7月15日
我开始信任我的心理医生

复诊。排了三个小时的队，直到下午1点才轮到我。别的科室都下班了，只有医生还在饿着肚子加班，我是他当天上午的最后一个病人，我很怕他会因为太饿而没有耐心，但是还好他没有。心理医生真不容易，所以挂号费贵一点也是应该的。

记得两年前看赖宝微博的时候，我就觉得他是个抑郁症患者，虽然他每天能写那么多好玩的段子。后来认识了王丫米，我也觉得她是个抑郁症患者，再后来得知他们果然都是。我觉得我能看出他们每个玩笑背后的悲哀底色：正是因为对明天感到绝望，对当下感到无趣，而又不愿意去传播负能量，所以才会尽力逗自己开心一点，逗逗这个世界，假装能让别人开心。

我身边有很多朋友对心理学感兴趣，也喜欢劝慰和指导别人，还有些朋友甚至考了心理咨询师资格证。但我觉得还是要找专业的、有经验的医生，不一定是什么教授专家，关键是心理上一定要尽量信任医生。

　　其实我很难信任别人，老在网上去查各种有关抑郁症的心理学知识，企图靠自己的方法来自愈，后来还是觉得只信医生，心里反而更踏实。我是换到第三个医生才开始信任他的。

　　他能理解我，不会觉得我是个失败者，不会觉得我可笑，不会摇旗呐喊让我"要坚强、要快乐"。他陪我一起面对痛苦，接受病症，也一起想办法治疗。我的医生很少对我下判断，更多地是听我说、引导我说，或者是询问。我喜欢这种交流，它让我觉得稳妥。

　　医生会把我说的话详细地抄写在纸上，然后逐句分析。有时候我会无意识地说假话，或者羞于表达。因为我在内心里非常想抗争，想证明自己并没有病，想告诉医生"你看你看，我是不是还好？"，所以我会不自觉地说一些有倾向性的假话，但医生可以帮助我分辨出来。

　　医生说："如果你觉得我给你的建议操作起来有难度，那么这不是你的问题，一定是我的治疗方法有问题，我们可以再换治疗方案。"

　　医生问我："你现在能看书吗？"

　　我说："能。"

　　我不仅能看书，还能写很多东西，有一段时间我努力地写很多文字，遣词造句都格外用心。我还到处应酬社交，堆积工作，希望这样就能让自己没有时间伤春悲秋。我以为让自己忙起来就是最好的治愈方式。可是，我却日益觉得自己失败。

医生给我推荐了《伯恩斯新情绪疗法》，我还打算去看看《少有人走的路》和《悉达多》，我并不知道这会不会有效，只是想试试看。其实我以前很排斥这种心理书籍，总觉得这是骗钱的，这种书我也能写，不就是阳光总在风雨后的心灵鸡汤嘛。可是现在却觉得，大概我真的需要从理论知识里面去寻找解决办法吧。患病这段时间，我看的书明显比以前多，因为懒得说话、懒得社交，也懒得刷手机。

以前我开玩笑说："现代人不得个抑郁症都不好意思跟人打招呼。"以后我再也不会这么说了。我现在才开始理解抑郁症患者。即使做出很不堪的事情，其实都不代表蠢或者想不通，头脑其实是清晰的，甚至比平常还要清晰，还要明白自己在干什么，不该干什么。抑郁症患者只是生理失控，按照医学的解释，就是缺少五羟色胺和去甲肾上腺素。一个人得抑郁症与否，和他这个人是否大度、乐观、智慧真的没多大关系。这就好像抵抗力很好的人也会感冒一样，只不过可能概率要小一点，或者康复得更快一点罢了。

感冒还分热伤风和着凉呢，抑郁症不是随便鼓励一下就可以治愈的。

复诊的时候，跟医生说了很多挫败的话，核心思想是自罪心理。我想让医生赶紧帮我解决挫败感、自责的问题，但是医生说："我们首先要解决的是太努力的问题。"

他画了三个圆圈，里面分别写着：战斗、逃避、冻结。然后他把这三个圆圈连成了一个大圈，说我陷入了这个死循环，而我大部分时间会处于"战斗"状态，包括现在。

医生的诊断是：即便在对一切失去兴趣、消沉的抑郁期，我依然是处于战斗状态，在和抑郁症以及消极情绪进行抗争，我的精神无法从战斗状态里脱离，但是我的身体和心理都跟不上自己了。

医生说我是一个"好患者"，"好"就好在我自愈能力很强，可以很快地将自己调整到一个积极状态，觉得"我没事了"，这会给医生很大的成就感。但是，这是一种"假象治愈"。医生说如果在这种貌似治愈的时候停止治疗，就属于"治疗脱落"，复发概率极高，而且会使病情加重。

我明白他的意思了，这是一个长期的治疗过程。

2014年7月16日
我要学会与自己和解

　　每天都有那么几个小时，甚至十几个小时，我真的觉得自己根本没有抑郁症，可能只是有一点心情不好而已。我哈哈着和同事开玩笑，一丝不苟地工作，吃饭，睡午觉。

　　状态最好的时候是一个人在家的周末，我能安静地看书，能踏实睡觉，能安稳吃饭。我觉得自己身心完全是健康的，自己可能也就是想安静安静，并不是得病了。

　　可一旦状态不好，就迅速被打回原形。呕吐，喘不上气，从喉咙到心脏到胃，从前胸到后背都疼，神经紧张，害怕见人。轻的时候还能克制，能简单交流；重的时候谁都不能跟我说话，不能碰我，我会紧张地缩成一团，尖叫，甚至站都站不起来，腿脚发软，一屁股坐在地上。

　　等缓过来之后那个生气啊，满肚子的愤怒不知道向谁发泄。气自己怎么还不好啊还不好啊，熬到什么时候是个头啊。又急又气又茫然无措。每天都在这种好好坏坏当中反复。我只有安慰自己说："好吧，至少我还能睡着，至少还有很多时候是好的。总比24小时抑郁要好得多。"

最发愁的就是"在路上"，不管是乘坐何种交通工具，不管是去哪里，都会发作，只是程度轻重而已，所以我尽量保持静止。每次上下班、出去吃饭、去医院的路途，对我都是一种折磨。那种一个人在路上，一步一挪望不到岸的感觉，真的是生不如死，就像是"鬼上身"，觉得自己的喉咙像是系了一根很紧很紧的领带，被谁死死勒住了；我拼命想挣脱想反抗，但我又看不到"鬼"，找不到对手在哪里。

书上说抑郁症患者的病情大部分是早晨比晚上严重，但每天黄昏是我病情最严重的时候。下午下班后，我要么是硬撑着回到家，立刻倒在沙发上，不吃不喝不说话，不开灯不动弹，一直熬到天黑再起来；要么就是在办公室等到天黑了再回去。

今天是7月以来我状态最好的一天，除了早晨吐了一小会儿，其余时间基本没有吐，也没有那种喘不上气的感觉。早饭吃光了一碗面，中饭吃了一碗半！一碗半啊！而且我还被一篇文章逗笑了。那一天我特别高兴，特别感恩。

可是，仅仅只有那么一天而已。

我以为自己需要多走出去和人接触，有时候晚上还约了别人吃饭，结果是一路捂着胸口哭着去赴约，不是真的难过得哭，而是生理上吐到流泪。后来我再也不约人了。

从理论上讲，运动出汗可以有效缓解抑郁症状，但是这对我无效。我一心只想停下来。

医生说，做同一件事情，我会比其他人累很多，而如果又累又不能放弃的话，身体就会自动进入战斗状态。所以他让我尽量怎么轻松怎么来，如果觉得一件事情有难度，觉得累，能放弃就放弃。我首先要解决的是脱离战斗状态。

大多数时候我觉得自己像一株植物，不吃饭，只要喝水就可以了。我晚上能清晰地听到附近火车经过的声响，我无数次地觉得那是在唤我走，我很想跟它走，永远不要停下来。可我其实哪儿都不想去，就想躺着。

聊天现在对我而言也有困难。如果是一两个人，大约一个小时之内的闲扯，我都可以顺利应付。但是如果时间比较长，或者聊的是需要认真思考和表达的事情，比如探讨业务什么的，又或者是人比较多，我就慢慢撑不住了。每次参加会议，坐着坐着我就开始焦躁不安，想吐，喘不上气。

有些人会拉着我去运动、社交、融入人群，我很反感这样，因为这会逼迫我伪装成一个康复者、一个正常人，更累。我退出了几乎所有的群。我觉得自己说什么都是会被人嘲笑的，我狂删朋友圈，觉得那都是笑柄。

累的时候会走神，然后在睡醒之间胡乱切换。有一次回家，脱下鞋之后，倒在鞋柜旁边就立即睡着了。过几个小时之后醒来，好半天想不起自己是在哪里。醒的时候也是"咣"地一下就惊醒了。

很多人会觉得抑郁症患者是"no zuo no die"（不"作"不死），觉得你家庭美满，事业丰收，朋友环绕，怎么还会抑郁呢？也有很多人觉得我就是心情不好，是性格悲观。有些热心的朋友劝我"你很棒""你往好处想""你多出来和朋友玩"。可我觉得他们都不理解我。

最害怕被鼓励和安慰，最怕别人给我打气加油，最恨语重心长——"你要……""你应该……""你必须……""伤心不能解决问题啊，还是要解决问题啊。"我只要一听到"解决问题"，就恨不得冲出去一头撞死。我看"走饭"在微博里多次提到，她最害怕别人说"未来""前程"，最害怕别人说"你要行动起来"。我特别理解她的那种害怕。

好像身上有两个自己，一个是站立着的，另一个是已经瘫倒在地的。那个站立着的会不断地对瘫倒的说"快起来，快爬起来"，并且会不断地用力去把瘫倒的那个我拽起来，但是拽不动。

我着急、自责、愤怒、绝望。

现在，我要学会与自己和解。积极、乐观、努力、坚强固然是可贵的正能量，但是，当身体已经正不起来的时候，要允许自己躺下来一阵子。接受失败，面对无力。

有很多很多的鸡汤来告诉我上述道理。但是，这些道理一开始就被我自己鄙视了。我曾经鄙视鸡汤，鄙视负能量，鄙视抑郁症，鄙视消极情绪，继而鄙视那个瘫倒在地的自己。我看不起它们，打压它们，我力图消灭它们，最终失败了。

这些负能量本身就是和我相伴相生的。我力图把它们赶走，却从未想过要接纳。所有的悲哀既然都有来处，那么也要给它们找到去处，妥当安放。我只是还没有给它们找到安放之所。我要给自己耐心和时间，慢慢找到。

2014年7月18日
世界欠她一个幸福的机会

今天反复在看张柏芝当年演的《忘不了》，最后有一幕是刘青云告诉张柏芝："别等了，其实大辉临死前，什么都没跟你说，都是我骗你的。"

张柏芝听到之后，愤怒地给了刘青云一巴掌，随即蹲在地上大哭。我还是喜欢那样哭泣的张柏芝。记得第一次看这部电影，是2003年。

那一年我大学毕业，考研失败，工作不顺。我记得那年长沙的夏天特别特别热，我深夜下班时，一坐上公交车就开始莫名哭泣。午饭和晚饭我都只能喝粥，吃不下饭，经常反胃。那时候我讨厌所有人，不愿意跟人说话，也觉得自己根本做不好任何工作。在通讯录里删除了昔日所有的同学和朋友。后来只好辞职回家休息。

记得那年年底梅艳芳去世，我在一本杂志上看到纪念她的文字："她有破碎家庭里滋长起来的被爱的渴望，有残酷生活教给的爱别人的能力，但最终世界欠她一个幸福的机会。"忽然我就大哭起来……

当时我根本不知道还有"抑郁症"这种病，现在回想，大概那时候就是抑郁症发作了吧。

年轻时闹情绪，往往是因为无知："我就是不高兴！不高兴！"可是年纪大了之后，闹情绪的麻烦在于：我心里是有答案的。于是我会对自己说："不要'作'，这么点儿小事而已，有什么好闹的嘛！"

我知道往西走全是死路，往东走全是阳光大道，可我心里有魔鬼，我拧不动自己，跟自己熬着。感觉我并不是在和这个世界对抗，而是和我自己。——这真是让我有点儿绝望了。

2014年7月20日
我相信能到彼岸

　　理论上讲，今天是第18天了。但是或许，已经有180天了也未可知，只不过之前没有确诊而已。

　　上周四去医院看了消化内科、耳鼻喉科，要做喉镜、胃镜、肝肾抽血等各种检查，原本还想再去查一下心脏的。总之就是浑身不舒服。反正我现在也不怕疼，不怕任何检查。我也不知道是身体真的有问题呢，还是抑郁症导致的躯体症状。只能一项项做检查排除。一上午挂了三个科室的号，交了各种费，在二楼到四楼之间来回穿梭，把湘雅附一的门诊大楼结构和快捷方式摸了个门儿清。

　　其实对我而言，最难过的不是不开心，而是身体不舒服。吃饭、走路、上班、睡觉、说话、上厕所（从来不便秘的我最近便秘严重），干什么都成问题。一晚上醒来N次，我不断地在大床上、小床上、沙发上、地上，这里躺一会儿，那里趴一会儿。可是我觉得每个地方都太大了，四周空空的。后来我发现最合适的地方是那个像鸟笼一样的摇摇椅，窝在里面晃啊晃就睡着了。而晚上的大部分时间我就窝在沙发的角落里睡。在稍微空荡一点的地方，我就睡不着。

有一次我在梦里跟自己对话说："哎呀，别醒啊。这个梦还没做完呢。"然后我在梦里回答自己说："没关系，反正你睡得多、做梦多，留着下一节再梦呗。"

早晨上班之前，我得给自己做许多心理工作，折腾半天才磨磨蹭蹭出门，就像哄一个不愿上幼儿园的孩子一般。

上周五复诊，我冲着医生发了好大的牢骚，因为实在是被自己搞得有点烦躁了，我把无法治愈的怨气，一股脑儿全都发泄在医生身上。"为什么还不好？！我药也吃了！假也休了！作业也写了！我什么方法都用了！为什么还不好啊？！"

医生不说什么，看着我发牢骚。发完之后，继续他的治疗，和我一起慢慢抽丝剥茧找原因。这真的是个十分复杂的过程。我不知道症结和病因在哪里，据说有些人的病因甚至可能是在童年埋下的阴影。

我也不知道该从什么事情跟他说起，只能从最近一个星期的记述来分析，有的时候还要表演。比如，我说到别人对我的评价和神色让我不舒服时，我就要扮演当时那个"别人"。

　　医生得出了一个让我不知道该喜还是悲的结论，他说："你至少已经得了三个月以上的抑郁症了，只是你之前没有来医院确诊而已，至少这三个月里你都处于恶性循环中，越陷越深。"

　　喜的是，原来我都病了这么久了，那我还没想自杀，看来抑郁症也没有那么可怕。我觉得在过去的三个月里的大部分时间里，我都是个正常人。

　　悲的是，回想一下，从我开始靠抽烟喝酒排解开始，貌似真的已经得了至少三个月的抑郁症。那会不会已经积重难返、病入膏肓了？

　　前天看到马航的飞机被炮弹击落了。我就一直在看那些灰烬和残骸的画面。在去伊朗的航班上，我就总在想："我的飞机失踪了，或者被击落了……"在签证的"紧急联系人"一栏里，我填的是同事的名字。然后我把父母和家人的电话告诉了同事。我总觉得我会死在伊朗，然后大使馆就会通知我同事，之后可以由我的同事缓缓地把这个消息告诉我的父母和亲人……我连遗书都写好了。

　　看到新闻里说，导弹可将客机瞬间粉碎，让飞机上的人立刻失去知觉。我觉得这种死法还不错。不过，我真的没有想过要自杀。我还是愿意活下去，我还是相信抑郁症能够治愈，我只是不知道熬到什么时候才是个头，我找不到治愈的方法。

前天白天，是我状态最好的时段。除了早晨有一些干呕之外，一直到下午6点，我都没有吐。中午还小睡了一会儿。早晨吃完了一碗面，中午吃完一碗饭之后，甚至还再添了半碗。路上也没有任何想吐的感觉。下班的时候，我在电梯里，竟然听到自己哼起了歌。

发现自己在哼歌的那一瞬间，我几乎高兴得要哭了。只是这么简单的吃饭、走路、哼歌，都值得我这么开心。忽然觉得生命里真的没有那么多重要的事情和人，真的应该学会放下。

最近在看一些心理学的书，也觉得是有收获的。虽然看的过程会有点儿累。

别人在朋友圈里纷纷发各种旅游、美食的照片，我却一点兴趣也没有，哪儿也不想去。我曾经是多么好吃、多么爱旅游的人啊！即便是在状态最好的前天，晚上我拿出了二胡，拉了几下就放下了。淘宝至少已经一个月没有刷了，偶尔点开，觉得无趣，又关掉。

我满脑子都在想：我还能去干点儿什么，让自己高兴起来，让自己产生兴趣呢？

不过，我很庆幸有很多朋友对我很好。有些人不知道我得抑郁症了，他们只是看出我最近不太开心，或者身体不太舒服，就给我寄来了好吃的、香薰、精油、书，或者打电话、发微信来问候我。有的朋友带我去吃好吃的，陪我聊天，或者什么也不说就是陪我坐坐。还有的朋友让我去她们家里住。在初期，我拒绝治疗，朋友还强行带我去医院帮我买了药。

还有男友老牛，在我很不舒服的时候，我就会胡乱哼哼唧唧，老牛会说："来！跟我说说，咋回事儿呀？"其实我也说不出什么来，只会翻来覆去重复着一句"我不高兴"，但老牛从不厌烦地听着。"我不高兴，我不高兴，我就是不高兴，我叫作蒋不高兴。"

也有些人在此期间，完全不理我了，屏蔽了我。大概是觉得我在"作"吧？也好，跌入谷底时，恰恰是能够看清身边人的时候。虽然身体病了，脑子还是清醒得很。愈发感激这些陪伴、理解、帮助我的人。

还是要慢慢熬，我相信我能熬过去，也相信我能康复，虽然我找不到渡船，但好在我相信能到彼岸。

安迪·沃霍尔说："我从来不曾崩溃瓦解，是因为我从不曾完好无缺。"

2014年7月21日
最羸弱无力的人也可能给人以力量

7月21日，这个日子让我忽然想起了前年的今日——北京"7·21"暴雨——我因暴雨被困首都机场。航班被取消了。我傻乎乎地在柜台排了一个多小时的队，等到一小时后，改签次日的机票已经没有了，只能退票。

而如果我不能在第二天抵达内蒙古，接下来的俄罗斯行程也就要跟着泡汤，大队人马都在海拉尔等着我。情急之下，只好曲线救国，改签次日清晨从天津起飞的班机。

怎么从北京去天津？

机场快轨因为进水而瘫痪了，所有的出租车都没有了，也不会再有出租车愿意前来机场。再改大巴！可由于城区严重积水导致堵车，大巴一去不返，两个小时也等不来一趟大巴。

我被困在了首都机场。整个首都机场——瘫痪了！

手机没有电了，只好拖着箱子满世界找充电插座。无意中看到了一个大巴中转站，服务人员说，还有最后一班前往天津的大巴，终于顺利逃往天津。

自小就喜欢电闪雷鸣的天气，若不是因为担心飞机延误，我倒是挺愿意在这种天气里淋淋雨的。可那一天的北京，天被下漏了。

哪里是什么大巴？只是一台破破烂烂的小中巴而已，四面漏雨，车座全部湿透，坐在车里还得打着伞。这最后一班破小巴在深夜载着七八个乘客，歪歪扭扭冲出了暴雨的北京。闪电就像小蛇一般在乌云里爬着，伴着北京61年来最强暴雨。

凌晨1点，破小巴把一车人扔在了天津的城郊接合部，小巴开走后，乘客们也瞬间散去。我环顾四周，没有人也没有旅店，只有两台黑车，以及惨淡的路灯。

……

不敢坐黑车，找不到酒店，淋着雨，我有点儿茫然和恐惧。扭头看见身边有一个小姑娘，抱着一只大纸箱子。纸箱子早就被淋得惨不忍睹，只能勉强地兜住。姑娘被淋得透湿，比我更加无助地站在原地。

我对姑娘说："别抱着了，把箱子放到我的箱子上来吧，我的箱子可以拖着。"

于是，在这个陌生的城市，下着暴雨的深夜里，我和这个陌生的姑娘，拉着行李走了大约2公里，找到了一家小旅店住下。

　　当晚，我和姑娘一起开了一间房。我们彼此不知道对方的姓名，我只知道她是广东人，来北京旅游，听说北京的水蜜桃和果脯很好，就买了一大箱准备带回广州。谁知道在机场遭遇暴雨，和我一样仓皇辗转改道天津。

　　到酒店时已经是凌晨2点半，我换了件干衣服直接倒下睡着了。第二天醒来，天晴朗。姑娘说她已经把房费结清，并且叫了一辆出租，把我送到了天津机场。早晨7点50分，我顺利起飞。我始终不知道那个姑娘叫什么名字，如今也记不清她的眉目了。

　　只记得在那个深夜，我对她说："你把箱子放在我箱子上吧，我帮你拖着。"

　　其实，当时我让她把纸箱放在我的箱子上，并不完全是因为她的箱子破了，我要帮助她。而是因为我当时也感到恐惧和孤单，不知所措，所以想找一个看起来无害的人给我壮胆，互相陪伴，彼此帮助。

　　两年后的今天，我再次陷入了恐惧和孤独。人生大概是没有风雨桥的，只有水来土掩的仓皇抵挡。我想起了那个陌生的、落魄的、茫然的小姑娘，也许，最羸弱无力的人，也能够给别人带来力量呢？

　　就好像现在的我，说不定在某个时刻，依然能成为别人的抚慰，只是我不知道而已。嗯，一定的，只是我不知道而已。

2014年7月22日
噩梦总会过去

今天是7月22日，下午5点40分，7月份的第二个好日子。今早状态恢复，身心健康地上路。Hold住，Hold住，千万别再呕吐。

而且今天交流能力明显恢复。我能顺畅地跟同事打招呼、简单聊天了，不像之前看见了就想躲开。

今天好感动：

"狗嘴里吐不出象牙"的周真爱，叽叽歪歪叮嘱我要每天喝半斤奶，晒太阳，不要喝可乐，不要喝红牛，要睡子午觉……

小E今天送了我一串十八子手链，说是可以助我安眠和宁神。我会戴上、收好、记得。

昨天快递说有我的包裹。我很奇怪，因为我已经一个月没有上过淘宝了。今早上班拆开，是卢小鸽送给我的礼物。一瓶泰国精油，一只可爱的轻松熊，里面有一张小卡片，上面写着："别那么累，要工作也要生活，看着都心疼。"

是的。我！太！累！了！——这四个字我一直不好意思说出来。因为"谁不累啊"，说出来显得很祥林嫂的样子，控制不好情绪，生生惹人厌弃。"你丫有病吧？"——这句话只能拿来骂没病的人。所以，有人当面这么骂我的时候，至少说明我还皮糙肉厚骨头硬朗着。我感恩还睡得着。

今天一个人在外面游荡了一整天，无处可去，无家可归，无话可说，无言以对。

撑过明晚，必须请假休息了。病假期间关机！大病一场才知道：生命里真的没那么多重要的东西和人。基本上我一到黄昏就瘫倒，直到天黑。到了晚上，我想"反正今天又熬过去了，看看美剧就睡吧"，这时感觉又会好一些。

不过这并不具有绝对的规律性，情绪时钟和身体时钟大部分时间是乱跳的。我很想找到一些规律，这样当症状即将袭来的时候，我就可以找一个无人的角落，铺好软垫子，躺倒，安安静静地等着它来。可是，它从来都是想来就来，不给人一点儿余地和预告。

昨天经历了生病以来最可怕、最煎熬的一天：

从早晨开始就感觉不对劲，在上班路上就开始吐，而且比以往要吐得严重。到台里休息了一会儿，感觉好一点了，没太在意，觉得可能也就和往常差不多吧，病了这么久都习惯了。可是节目做到一半，大约8点50分到9点之间，就觉得身体特别不对劲了。心跳越来越快，喘不上气，吐，开口说话有困难，眩晕，头疼，脚发软，出虚汗。但是脑子是清醒的，我不断暗示自己："放松放松。"

9点广告时段，我跑去厕所洗了把脸，吐了一会儿，深呼吸，骂脏话，哭叫，试图用各种方法让自己镇静下来。我清楚地意识到身体开始失控了。

接下来的半个小时我都不知道怎么挨过去的，9点到9点15分我几乎说不了话，稿子大部分是搭档在播，我勉强念了几条简短的。说话时能听到自己沉重的喘气声，手心的汗在直播台上按出清晰的手印。熬到9点半节目结束，我几乎瘫软在直播间里。

下了节目，我倒在沙发上，眼前发黑，四肢冰冷发软。伏伏看见了，说我脸色惨白，赶紧拿毯子给我盖上。我躺了半小时，慢慢回到人间。

因为病了这么久，所以我对于身体的反应，基本上没有太多的恐惧感了，觉得缓过来就没事儿了。

缓过来之后，我出去买东西，顺便吃了午饭，总体感觉还算正常。可是到下午3点的时候又开始不对劲了，赶紧打车回返，在车上不停干呕，头晕眼花，又瘫在了后座，把司机都吓了一跳。

回到台里坐着又缓了半小时。我觉得做不了节目了，本来想让阿甘帮忙代班，可是我找不到阿甘了，只好硬着头皮自己去上。我对自己能不能撑下来一期节目，无比忐忑，于是提前跟导播和主编说："今天节目我得开着直播间门做，万一我出什么状况，你赶紧进来救场。"我开始觉得自己搞不定了。

也许是战斗精神使然，节目还是顺利地录完了。我再次体力不支，倒在沙发上。本来还要开会，阿甘看我那个样子，让我赶紧回家，"孔鸟人"开车把我送回家了。

我照旧在家里躺到了天黑，起来吃了点晚饭，还在微信里聊了一会儿天，又看了一会儿书，觉得心情平静了，身体也正常，10点洗完澡上床睡觉。我以为这一天总算是挨过去了。

没想到一直睡不着。虽然我每晚会醒来很多次，但是我不失眠，可是昨晚我怎么也睡不着，翻来覆去到12点，干脆打开 iPad 看看美剧《破产姐妹》。看着看着，忽然开始觉得身体又不对劲了，这已经是一天之内的第三次，我预感大事不好，因为以往我只要独自安静待在家里，都不会发作的。

我赶紧跟阿甘说："我要请假。"但是想起搭档今天过生日，他跟我说了这两天晚上他都不能编稿，我跟阿甘说："明后天的稿子还是我来编，但是我可能上不了班了。"

请完假就开始慢慢发作：浑身冷，全身冒汗，头晕，比白天要严重得多。四肢已经酸软得不听使唤了，像被抽走了骨头。我怀疑是晚饭吃少了，导致低血糖，想起客厅里还有红牛，准备爬起来去喝一罐应急，忽然发现自己根本起不来，下肢瘫痪掉了，完全动不了。我吓坏了，准备打"120"，伸手去拿手机，这才发现胳膊也抬不起来，要靠两只手捧着手机才能勉强拿起来。全身颤抖。而且我脑子里忽然闪过一个念头："好想从窗户跳下去。"然后脑子里就不断出现卧室的窗户画面。

这时候我已经打不了电话了，我看到电话更加难受，赶紧关机。我被绝望和无助彻底缠绕住了，只剩下一个大脑在抓狂："怎么办？怎么办？"

我在床上开始哇哇大哭。哭不出眼泪，就干号。"啊啊啊啊啊"地号叫。为了让身体恢复知觉，我用尽力气翻身，拼命翻过来又翻过去。每翻一次都很艰难，大约翻了半小时，胳膊开始恢复了一点力气，我拼命捶打双腿。汗出了一身又一身。手是正常温度，但是脚丫子是冰冷的，我用被子包住双腿，不停按摩揉搓。一直折腾到凌晨4点，四肢慢慢可以自由活动了，我累得咣当睡去。

早晨醒来一切正常。而且今天是状态特别好的一天，前所未有地好。昨晚发生的一切就像一场噩梦。太可怕了。

2014年7月23日
好想休个假

　　明天是星期四，我最不喜欢的日子，因为星期四是去医院复诊的日子。每次去医院，我都不得不承认自己是个病人，可我至今都不想承认这一点。

　　最近感觉自己好了很多，昨天白天很好，昨晚虽然心脏不舒服，感觉很累，但还是坚持编完稿子了。

　　我总觉得我身边有鬼，或者家里有鬼，反正就是觉得气场不对劲，而且还有点儿幻听，听到各种莫名其妙的声音。想去寺庙里请个符。

　　昨天晚上生怕又睡不着闹瘫痪，我在家里点了沉香，然后翻出了一只狼牙，用金头链戴在脖子上，还戴上了小E送我的十八子手串，下载了一些琼英·卓玛的佛乐。果然睡得踏实了很多，只有子夜一点多稍微醒来了一下，然后就一觉睡到了早晨。这是生病以来睡得最好的一个晚上。

　　可是今天又不舒服了，早晨还是吐，心脏狂跳、喘不上气，一切又是老样子。下了节目在沙发上想躺倒休息一会儿，结果一直躺到了中午。下午做了节目又在沙发上躺到了天黑。晚上编稿子编得特别累，写一会儿就要出去歇一会儿，透透气，往日一两个小时就弄完的稿子，现在花三四个小时都弄不完。

家里地板一星期没有扫没有拖了，衣服也积了一大堆没有洗。无论做点什么，都觉得特别累，各种体力不支。哎！愈发是个废人了。总觉得要做点儿什么来恢复信心才行。

总体感觉病情在往好的方向走，不管怎么说，食欲恢复了很多，三餐能正常吃下去了。睡眠时间基本上也能保证了。只要能吃能睡，我觉得就不会有大碍。我只是不知道怎么才能让心情积极起来，自责和挫败感依然深重。

明天不想上班，也不想去医院，就想请个彻底的假，然后关机，在家里什么也不做，谁也不见，静养几天。可是不上班就没有钱赚，而且本周工作量最大的两天我都已经熬过来了，剩下的两天工作量其实也不大了。

哎！好想休假！

2014年7月24日
每个人都是自己最大的秘密

　　如果不得抑郁症，我不会这么深刻地体会到"理解"这个词。说"我理解"都是妄谈。即便是现在，我都无法说我理解抑郁症患者。有人和我同样是抑郁症患者，但是症状、治愈方式都和我不一样，病因肯定和我不一样，对待病症的态度也和我不一样。我只能说我知道那种被自责、挫败所缠绕的痛苦和煎熬。

　　至于健康的人要理解抑郁症，呵呵，我根本就不信。正常状态下，我根本不会想到自杀，不会觉得自己是个累赘，不会对一切事物失去兴趣，不会说不出话，不会觉得自己这里生病那里生病……而如果我遇到一个这样的人，我会觉得他胡思乱想，态度消极，脑子有问题。

　　我现在很讨厌人群，更别说置身人群中了，哪怕是看看那些聚会的照片，或者谁跟我提起聚会这件事，我都会觉得烦躁和害怕。如果感觉孤独，那么一定是在人群中。因为每个人都是自己最大的秘密，而这个秘密无法与人分享。

　　我也讨厌旅游，一想到要去一个新的地方，接触新的东西，面对新的人，就觉得难以应对。

　　我还讨厌对话，除了几个特别安全的朋友，或者我觉得能理解我的人，其余的人我统统不想搭理。但是这种情绪是矛盾的。一方面我不想搭理别人，希望全世界也别搭理我，别来对我嘘寒问暖，也别来对我进行任何心理教育。但是另一方面，我又很悲哀地觉得自己不被理解，特别孤绝。每当有能够理解我的人来跟我说几句话，关心我的时候，我又觉得很温暖，很有价值感。

　　这种矛盾的心态，在健康的时候，可能就是普通的纠结。我以前甚至觉得"不被理解"这四个字很可笑很矫情，可是我现在无法控制那种对人群的恐惧感。

　　最初我很努力地去对抗，让自己融入群体，现在我放弃这种对抗了，可能这种对抗反而不利于治疗。我只和让我感觉舒服的人对话，只待在让我感觉安全的环境里。这样确实感觉好很多。

　　最近几天明显感觉身体状态大有好转——

　　1. 爱说话了：昨天和浮浮聊了几句，还和阿甘、"鸟人"、子颖都聊了几句。在人少的场合，我能主动和让我有安全感的朋友聊天了，并且在微信朋友圈里开始给好朋友留言了。

　　2. 能笑了：这两天我明显感觉自己能笑出来，特别是听到笑话、看到好笑的场景的时候。昨天二毛给我讲了一个笑话，我还笑出声来。有时候还能面带笑容地和别人打招呼、对话，而且有时候还会哼歌。

3. 对日常事务能产生兴趣了：愿意洗衣服、愿意收拾屋子，而且偶尔能刷一下淘宝了。

4. 吃饭睡觉都大有改善：连续两个晚上都只醒来一次，而且早晨睡到6点半。如果不是因为要上班，我估计还能醒得更晚一些。吃饭也基本保持正常，甚至还有了想吃日本菜的欲望了，尤其是今天中午吃了一大碗。

2014年7月25日
那些自认为过不去的，其实都过去了

我背了一个心脏监测仪，身上贴了一堆贴片，还绑了好多电线和一个控制开关盒，这感觉像是要去搞自杀式炸弹袭击。所以医生严禁用手机。

昨天关机24小时，wifi也拨断了，可生活和工作都在照常进行。晚上在家洗衣、拖地、看书，捧了西瓜一勺勺吃。早早上床睡觉。

养成下班就关机的习惯，这世界掉飞机也好，掉宇宙飞船也罢，都跟我没一点关系。

每次候诊的时候，是我最能集中精力看书的时候。不知道为什么总是挂到最后一个号，门诊大厅只剩下了我一个人。

今天去看姥姥姥爷，出门后竟然在小区里迷了路，顿时失控。我坐在路边哭号了一会儿，然后放松下来，安慰自己别怕，最后慢慢找到路了。

我还意外地发现了别人家开辟的小菜园子和新的菜市场，我

捧了小小的一把萝卜种子在手里。和自己过不去，就是和全世界过不去。其实都过去了。

2014年7月26日
留得青山在，不怕不热闹

今天，请了两三个好友来家里吃饭，我自己下厨。其实算是病友，5个人当中，有4个被医院心理中心确诊有抑郁症，程度各不相同，但是都在康复中。

其实我之前一直忐忑，怕应付不来，甚至昨晚一晚上都没有睡好，想着要买什么菜，要买什么饮料酒水。就是这么小小的一件事，我辗转了一整个晚上，紧张得手心出汗。早晨起来的时候，我甚至在考虑要不要取消这个聚会。纠结再三，还是买了菜，自己下厨。

虽然厨艺并没有被点赞，但是也顺利地做出了一桌荤素俱全的午餐。这说明我已经可以在有安全感的环境里开小型"爬梯"（party）了。又有了新的信心。巨型进步！

留得青山在，不怕不热闹。

听佛乐，曾经买过琼英·卓玛的一张专辑《Inner Peace》，非常棒。

我其实不信佛，但始终记得小时候奶奶跟我说，"文革"的时候，好多人砸佛像什么的，她就觉得造孽啊。她说："我不信菩萨，去庙里也不拜，但不能因为不信它，就打它骂它，对人对菩萨都是这样。"

我不爱哭，泪点太高，这是我的难处。哭，是一种很好的释放，可我曾经在年少时刻意训练自己不许哭，天长日久，就真的不会哭了。

特别想赶紧好起来，我觉得我很难放下，很难。面对失去、缘尽，这是必须学会的课程。

2014年8月3日
生命需要一个安顿之所

不记得是第几次关着灯坐在家里等天黑了。但是已经好了很多，至少开始觉得饿了。还是不能说话，自言自语也不行，不愿开口。难熬啊！

每一天的黄昏都很难熬，要咬着牙，绷着神经，捂着胸口，一直忍到天全黑整个人才能舒缓下来。我的晚餐都在8点之后，因为天黑之前我都在吐。每天下班回家的路对我而言都是折磨。那一步一挪的路，让我觉得日后再孤绝或许也不过如此了吧。

有人说过去的痛苦和快乐都过去了，不要总记得，可我一想到"未来"就觉得绝望恐惧，我丝毫不想看到明天的太阳升起，而当下又经常是分秒难挨。所以，我倒更愿意"记得"一些过往的事情，企图把昨天的阳光系在腰间取暖，提醒自己记得恩，不要恨。

在很多个瞬间，我都觉得熬不下去了。不想和任何人说话，不上班，导致损失了一大笔钱。

　　写写字，偶尔和有限的朋友见个面，没有了。就这么简单。其实，要说把日子过得活色生香也不是不可以，但是……以后再说吧。

　　最近我加入了一个抑郁症患者的群，我想同为抑郁症患者，一定能够互相理解，或许别人也有更好的治愈方法。

　　后来我发现未必如此。

　　在这个群里，有些人会信一些莫名其妙的"宗教"。在我看来，那不是宗教，而是一些莫名的怪力乱神的方式。同时这里还充斥着理性和宗教之争、中医和西医之争、抑郁症到底要不要吃药之争，等等。

　　当然，我一直认为，只要这些方式不危害他人，能够让自己好受一些，哪怕是什么封建迷信也行啊。

　　我曾经有个朋友，失恋之后一直走不出来，后来家里偷偷找了一个算命师傅，提前跟算命师傅对好了台词。之后，算命师傅告诉她："你今年命中注定会有一场桃花劫，不过不会维持多久，到明年你就会遇到那个对的人了。"

　　结果我那个朋友信了，很快就不再沉迷于过去的痛苦了，觉得"命该如此，我何苦违拗老天，接下来老天对我会有更好的安排的"。

我羡慕那些有信仰的人，哪怕只是信一个莫名其妙的算命师傅，至少也能有安放和信任之所。

我还看到过一个治疗方法，说起来很迷信——叫魂。

有个抑郁症患者，严重到要住院了。妈妈不懂什么叫作"抑郁症"，但是觉得女儿各种不对劲，于是就带她去找一个神婆子。神婆子说："哎呀，这个孩子丢了魂了呀。"然后让她躺下，妈妈坐在旁边揉搓着她的胳膊和肩膀，嘴里要念叨着"春儿魂魄快回家，妈妈在家里等你"之类。

看上去可笑，但是这个患者真的就这样被治好了。

她说，神婆子说是丢了魂，就意味着这不是我的错，只是倒霉而已。丢魂不是件大不了的事，在许多人身上常常发生。

其次，妈妈抚摸着我，轻声细语喊我的小名，就像小时候摔了一跤，去请妈妈吹一吹一样。妈妈吹一吹就好了，爱我就好了。那些全心全意的抚触，让这具油尽灯枯的身体在被母亲抚摸过后剧烈地娇气起来，它向我嘶吼："对我好一点，我还活着！"

其实，医生也会做这样的治疗，会建议患者寻求家人的支持。但医生可能忘记告诉你一个简单的方法：请你的妈妈抱抱你，摸摸你。而且，即使医生这样告诉我，我也不会那样做，只会蜷缩在衣柜里独自痛哭。

　　所以，抑郁症可能真的有好多奇葩的治愈方式，但是只要能治好，只要没有其他危害，干吗不去试试看啊。

　　有一次我采访国光剧团的魏海敏，她说了一个很好玩的观念：你前生在踏上奈何桥之前，会和家族里逝去的灵魂开一个家庭会议，然后他们会给你定一个人生轨迹，接下来你今生的人生轨迹，大致就会按照这个会议方针去走。

　　如果能相信命运，或许会过得更坦然舒畅一些？安于轮回里的安排，咽得下因果，忍得了茫然。要是真能明明白白地洞悉了命运，到底是会过得更洒脱一些，还是更虚无呢？

　　所谓"不能承受的生命之轻"。

2014年8月4日
病中，我看见了身边更多的善意

第 N 次从医院大逃亡，虽然医生不建议上班，可是为了世界和平，我还是复工吧。瞧瞧我不在的这些天，偶尔打开手机，都是揪心的消息，而我只要一上班，就没新闻了。在医院看到形形色色的病人，我提醒自己，这世界的天灾和意外已经够惨烈、够残酷的了，我就不要再用恶意去揣度和伤害他人了吧？爱我的善良孩子们，坏消息滚滚来的时候，我请你们去吃甜品好不好？

今天我在医院门口，默默地撕掉了三本病历。这三个密密麻麻的本子上，是我的就诊记录、报告，还有各种化验单、留院观察单……

从4月到现在，半年的抑郁期。"熬"——没有什么比这个字能更准确地描述这些日子了。我无数次地在病痛袭来的时候，反复跟自己说："这只是病症导致的假象，世界其实不是这么黑暗和失败的，一切都会过去的，即使我都快要不相信了，即使再绝望，也一定会过去。"

记得确诊那天，我一直在笑，笑我平生认识的第一个重度抑郁症患者，竟然是我自己。然后那天中午我破天荒地吃了很多很多。我清楚地意识到，我要拿出极大的力量来应对一场可怕的疾病。但我拒绝吃药和治疗，是我的朋友强行给我买了价格不菲的药，塞在我包里。也要谢谢湘雅医院的慧姐给我支持。

我曾以为我这辈子都不可能得抑郁症的，我也曾以为自己很了解抑郁症。一脚踏进那个世界，才知道之前的自己是多么无知和狂妄，才知道一个健康人和抑郁症患者之间有多遥远、多陌生、多隔阂。

以后我会尽量学会不妄评他人，不好为人师，不轻易判断。病中，我看见了身边更多的善意。

复工，并没有太多的兴奋，也没有哭，就像做了一场噩梦之后，醒在一个平静的早晨。

经历了很多可怕的时刻：瘫痪过、嘶吼过、自残过、寻死觅活过，也被误解过、嘲笑过、伤害过……但是现在想起来，多是感激。

许多朋友，都默默地帮助我、陪伴我、理解我。我都知道，都记得，也都感激。我体会着无缘大慈，同体大悲。

也谢谢我的心理医生，现在我每周依然要去复诊，还要吃药，我知道抑郁症随时有可能复发。

我有一位北京的朋友，在一年内两度复发又治愈之后，成为协和医院的抑郁症康复志愿者。如果长沙也有这种志愿者项目，我一定立即去报名。

深深体会到病中不被理解，甚至被中伤是什么感觉。太多的人由于对抑郁症一无所知，导致了对患者的二度伤害。这种伤害有时候甚至是致命的，只是施害者自己意识不到。

我以后估计也不大会发朋友圈了吧？与其刷别人、晒悲喜，我倒宁可做一些更内心、更个人的体验，宁可实实在在地给朋友打电话、发微信、见面，而不是互晒、点赞。

就这样吧。有些山水不会再相逢；有些，念念不忘。

2014年8月5日
那么努力，最终是为了讨自己欢喜

那么多人在晒生活方式，晒旅游，晒美食，晒萌宠……我根本没有兴趣点开看。我曾经是一个多么热爱生活的人哪！

我也曾经背着包走川藏、滇藏、青藏、南疆北疆、黔东南……可是现在，我对任何名山大川都没有兴趣，我甚至觉得，会不会是因为去过了太多的地方，看过了雪山沙漠，所以导致现在没有了好奇心呢？可是，这世上还有那么多美丽的自然风景和特色的人文景观是我未曾涉足的，我怎么就对他们失去了兴趣呢？

要不趁我不怕疼，大提琴操练起来？以前每次练琴，都因为琴弦把手指磨得太疼而放弃；现在我一点儿也不惧疼痛，反倒想要看我的手指和抑郁症谁先赢。

忽然想起骆宾王的《代李敬业讨武曌檄文》："试看今日域中，竟是谁家之天下！"反正无论谁赢，都是我赢。

哎！战斗型人格没治了。

前两天整理东西，掉出来一张旧纸片，上面写着："我们很多时候见到的关门歇业的、很吃力的人，其实都是很有心的人。——麦家碧"

是的，就像麦兜一样，很善良，很有心，很用力，然后撞上了硬邦邦的世界，这世界也没有什么不好，只是，然后，就没有然后了。

只能说自己不够努力，不够聪慧，或者太放不下、豁不出去吧？但我还是宁愿做那个放不下的人。

我也曾硬过心肠，摸过死亡。回头去看，每个字都能蹿出凛冽寒风，字字刀枪不入。但是，如果问我最后能记得些什么，最先想起的，总是丁点温暖的星火。尽管到最后，变成了冬天的蒲扇、夏日的棉袄。

人生到最后记得的，从来就不是字字珠玑的箴言警句。

这几天我有点儿放弃治疗，心情反倒更好一点了。我有时候会恶狠狠地跟自己说："你还有完没完？病死拉倒！"

于是我放弃较劲，不想吃饭我就不吃，睡不着觉我就不睡，瞪着眼睛发呆。无法上班我就请假，屋子乱成一团糟，我就在废墟一般的沙发堆里窝着。

好吧，我就是很失败了，我就是很糟糕了，我就是很不堪了，我倒要看看那又怎样？我被自己弄得烦躁了，干脆由着自己的性子来，带了一股子跟抑郁症奉陪到底的决心。"薄酒可以忘忧，丑妻可以白头，徐行不必驷马，称身不必狐裘"，说这话的，不知道是先贤还是阿Q。

或许正因为放弃了对自己所有的要求，反而觉得舒服了很多，吃饭睡觉都恢复了一些。

忽然在想，如果努力是出于焦虑和自我不满，那么这样的努力会带来快乐吗？"顺其自然"这个词在很多时候是"逃避"的最好掩饰。如果一个人懦弱，而又不打算承认自己懦弱的时候，这真是个很不错的借口。

一事无成人渐老，一文不值何消说。

不知怎么地，忽然想起有一次去采访林怀民，我问他："有没有想过，如果不跳舞，你会做什么？"他两手一摊："哎！如果不做云门，我就不用在这里接受你的采访咯。"

他对我说："如果你知道两点之间直线最短，就没有什么意思了。"——可是，如果我只求捷径，而不求"有意思"呢？

采访结束，我说："祝您演出成功。"林怀民偷笑着摇手说："什么成功不成功呀，我就觉得赶紧演完，把这件事好好做完。"说完就急急忙忙往外跑，因为紧接着还有搜狐的访问，他要在搜狐的采访开始之前，趁空隙去看看国家大剧院的大门是什么样子的，他抱怨说："我是从南门进来的，还没有看到大门的样子呢。我要去看看。"然后就像个孩子一般跑掉了。

绕了一个大弯，最终是为了讨自己欢喜。

"——你知不知道大家都在找你？

——找到了吗？

——你说呢？

——找到了麻烦告诉我一声，我也在找……"

——《金枝玉叶》

2014年8月7日
有味，远胜于淡漠

　　昨天尿血，我很淡定地去了医院，我现在面对身体的任何疾病都不感到害怕了。世间能量守恒吧？有失去就一定有得到。经历过最绝望的时刻，就不再会那么恐惧。

　　从进化生物学的角度来看，情绪和其他生理功能一样，是对环境变化的一种恰当反应。这就如同痛感，尽管它给人带来不舒适的感觉，但失去痛感的人可能连生命都难以保障。

　　有一位抑郁症患者说："我宁可断手断脚，也不愿得抑郁症。因为断手脚至少还能得到关爱和理解，而不像现在这样无法工作，天天被父母骂作啃老。"昨天发现自己尿血时，也是这么想的：尿血总比得抑郁症要好，至少可以科学检查和有效治疗，可以大大方方地说出来。

　　苦难中的欢愉也是抑郁症所馈予的一部分。电影里说，抑郁症患者通常在灾难面前表现得十分理性，因为他们如此频繁地经历过类似的处境，以至习以为常了。

感谢崔永元等明星大胆公布了自己的病症。但是，"知道"不等于"了解"。比如，很多人依然会说："你要加油、坚强乐观啊！""去旅游散心吧！""去吃好吃的！""平时那么开心，怎么会抑郁？"……

这些，都还是善意的误解。而类似大雷这样的，更以"装病""故意传播负能量""贩卖痛苦""赚取同情"等话语来恶意揣度和伤害我。

好在，都过去了，这之于日后的生活，不过就是一步闲棋冷子。

中午去吃饭，地上碎了一个杯子，服务员扫完碎玻璃碴之后叮嘱说："这个不能丢到垃圾桶里啊，会扎到别人的手的。"顿时我对这家餐厅心生好感。

我现在几乎每天都能于无意中发现一些美好的事情、感动的事情。我总觉得只有这样做，一个病人才会更多地感觉到健康的力量。妹妹患了多年的关节炎，导致手腕功能障碍，后来她做了手术，有一天特高兴地对我说："我现在可以端起碗吃饭了，以前我都只能把碗放在桌上吃，现在忽然能够端碗了，感觉好高兴好奇妙啊。"

人生最难堪和亟欲逃避的，唯有这一个淡漠无味。"所以心如槁木不如多愁善感，迷蒙的醒不如热的梦，一口苦水胜于一盏白汤，一场痛哭胜于哀乐两忘。"（叶圣陶，《没有秋虫的地方》）在经历了各种痛苦之后，我试图把自我的纠结折磨变成正视和面对，把别人对我的不解和伤害变成改变现状的积极和善意。

如果这个世界还有很多恶意，那我可以尽力为自己营造一个善意的小环境。

如果自己和身边人还有很多昏茫的角落，那我争取去点亮一点点灯火。

想起了那个在海边把搁浅的鱼抛回大海的人。

"鱼那么多，你只有一个人，能有什么用呢？"

"至少，对这一条鱼有用。"

2014年8月8日
葬礼

　　我是在葬礼上遇见乐高的。他很惊讶，甚至有点儿惊喜，但又不好表露，这毕竟是葬礼。乐高深知我几乎从不送人，人死万事空。可今天，我一大清早赶来送她。

　　乐高扶着我走到她面前。我又不是残疾人，不知道他为什么这么如临大敌。胳膊上的瘀伤，被乐高抓得生疼，跪下的时候又触到了膝盖的伤，疼得要哭了，我想大概我看上去很是悲痛。

　　可她一直在微笑，笑得太好看太年轻。笑所有活着的人。

　　有一次她给我发邮件，我当时用的是 CNR 的邮箱，她说这三个字母打出来就是"成年人"，她邪邪地笑我用成年人邮箱。

　　我曾经对她说："每个成年人都是劫后余生。"

　　那时候，我们都以为：劫后，还能有大把大把的余生。

　　乐高和我都没哭，我们甚至站在门口开玩笑。

　　乐高说："嘿，那个世界很不错呢。"

　　我说："是啊，他们的 iPhone6 是乔布斯版本的，比我们这边的版本应该牛多了。老天爷把地球上几个牛人都挖走了。"

话音一落，我就看见乐高的眼泪掉了下来。我想去抱一下他，可我的零件受损了，胳膊的疼痛提醒我：远离安慰。

我说："乐高，咱们年纪都大了，你看你一低头，我都能明显看见你的白头发了，我帮你拔了这根吧。"

我伸手想去揪他的白发，可忽然就找不到那根白发了，于是只是摸了摸他的头。

乐高"哇"地失声哭了出来："她还没有来得及长出白头发呀。"

我愣怔了一下，抬头去看照片。多年前，我看到她的第一眼，就注意到她的头发。又卷又长。那时候很少有同龄人烫卷发，我觉得她真好看啊，像洋娃娃。直到今天，照片上的她还是卷卷毛，像娃娃。

真好，她这一生都没有白发。都这么年轻漂亮。

"乐高，你说，她现在……有没有头发？否则，光着头去另一个世界，多不好看哪。"——因为化疗，她早早掉光了头发。可我听说，人死之后，头发还会继续生长。

说完我就后悔了，乐高从痛哭变成了号啕，引来了所有目光。

"乐高，别哭了。你是在哭她呢，还是在哭你自己呢？如果是哭她，她的世界比我们好呢。我记得你混得最差的时候，还说想去死。你看你，初心发得那么早，结果输在她后面啦。你收一收吧。"

这是我第一次劝人"不要哭"。第一次。我怕乐高再这么哭下去，会把我的泪勾下来。我不想在她面前哭，她活着的时候，曾经不止一次地对我说过，最喜欢看我哈哈大笑。

乐高大概是觉得哭得失态了，有点尴尬，转身出去。一会儿买了一大束白玫瑰回来。我从来没有见过这么大的一束花，大到我觉得他可能把门口所有花店里的所有白玫瑰全买下了。乐高抱着它，远看就像一束会行走的玫瑰树。我忽然觉得喜感，想给他拍照，可这是葬礼。

乐高说："我就放门口，不摆进去了。里面已经全都是花了。"

"嗯，悄悄地，别让她看见，免得又生气。"我没心没肺地开玩笑，乐高也笑。

有一次主持人大赛，她得了第一名，可是没有人给她献花，却有人给第二名送了一大束花。事后她生气了好几天，她说要抱着花站在舞台上，才有冠军的样子。

我还记得她那天抽到的现场主持题目是——"你在主持《开心辞典》，忽然电路坏了，所有的灯都灭了，请在黑暗中继续主持救场，直到一分钟后灯光亮起。"

她就是在这个环节拿了最高分，最后得了冠军。

"哎！其实根本不用救场的，灯灭了就不录了呗。"我自言自语。

乐高听不懂我在说什么，也没打算听懂。可是他大概听见了"灯"字。

乐高的脸被整束白玫瑰遮住了，我看不见他的眉目。我们不敢再开玩笑，这毕竟是葬礼，可又不知道该说什么好。我和乐高心里都清楚：我们谁也安慰不了谁。

忽然，乐高在那一大束白玫瑰后面，轻轻喊了我一声：

——"大树，"

——"嗯？"

——"她的灯，灭了。"

——"所以我们得亮着。"

2014年8月10日
病情复发，我重新乖乖吃药

这是第几天了？就在两天前，我还得意洋洋地觉得病已经痊愈了，我还开开心心地跟老牛说："嘿，这一关我熬过去啦！"

我一有好转就会忘记吃药，结果再度复发。

复发的瞬间是我完全没料到的。在我顺顺利利地做完了早间节目，从椅子上站起来的那一瞬间，我知道：它又来了。

腿软，心悸，没有食欲，拒绝和所有人交流。

一开始我很淡定地迎接了它的再次袭来，我知道整个过程是怎么一回事儿了，也就没什么好恐惧的了。我把自己放平在沙发上，打算睡一会儿，不去搭理它。也许休息休息就能好了。

可我一直睡不着，各种幻觉在脑子里狼奔豕突。到了中午，一想到要吃饭，我就开始干呕。不想搭理所有人，自己去点了蒸菜，还是吃不下，用鸡蛋羹勉强拌了半碗饭吃下。等回到办公室时，已经难受得要崩溃了。

正好雷不辣来办公室玩，一群人站在过道上说说笑笑，我当时特别想上厕所，但是我不敢去，我不敢穿越过道，我不敢听见、看见任何说笑，只好戴着耳机在座位上盯着电脑，假装在干活。我其实听到了所有的声音，包括梁二货大声喊我的名字，但是我都不敢回答。只能憋着尿，傻坐着，直到他们从走道上散去。

我的淡定在黄昏时被击溃了，我又一次躺在沙发上绝望地看着天黑，不敢动也不想动。复发的感觉丝毫不会因为已经经历过就变得好一点，变得勇敢和淡定一点。一切照旧，甚至更加烦躁和绝望。

我重新乖乖吃药，重新拿着病历本去了医院，重新请假静养，重新逃避人群，重新往家中一切锐利的角落上猛撞，重新嘶吼大叫，重新自伤，重新绝望。

一切又重演，毫无新意，毫无改进。

2014年8月12日
你所不知道的抑郁症

来！我们说说科学！我要说科学了，感觉好没有公信力啊。

我是一个对电影没多少兴趣的人，所以我对罗宾·威廉姆斯也没有什么感觉，只是在今天，"抑郁症"再次成为一个媒体热词。

我有点儿伤心，在节目中播《逝者》宣传片的时候，恰好片中用了张国荣的《我》，他也是因为抑郁症自杀的。我听到这个歌曲，甚至有点儿泫然欲泣。

可我竟然也有点儿高兴，终于，"抑郁症"再次被关注、被媒体提及。这种高兴，透着一股子不厚道，因为这是用一个人的生命换来的关注。

我没有什么资格来做科普抑郁症的工作，我只能从个人和身边朋友的体验，来谈谈我了解的抑郁症。但因为我不可能相信宗教，总试图找出宗教的逻辑漏洞，然后反驳、求证其不合理性，所以，我只能通过吃药、求医、科学治疗等了解抑郁症知识的渠道，来面对自己的抑郁症。于是，我也只能从这个角度，来说说你所不知道的抑郁症。

在我得抑郁症期间，遇到了很多问题。

1.你不就是心情不好吗？根本不是抑郁症吧？

关于是不是抑郁症这一问题，医学界有各种判断标准，包括脑电波测试等，还有著名的伯恩斯测试表。而判断自己是否真的已经达到要治病的程度了，可以听听身体的声音。如果你连续两周以上对吃喝玩乐购等事物都没有兴趣了，那就要小心。很多抑郁症患者会出现干呕、反胃、失眠、心悸、呼吸困难、早晨四五点就醒来、食欲减退等情况。像我这种重度抑郁症患者，还会出现幻觉、幻听、四肢木僵。

此外，还有一个判断标准，就是对待自己的身体和生命的态度。比如，我会自残，每当我被刀割破皮肤，每当我撞向家具锐利的角落，那瞬间的疼痛不会让我难过，反而让我感受到身体强烈的存在感和刺激感，它们会带给我片刻的愉悦。我完全不怕疼，甚至追求疼痛。"走饭"曾经在微博中说："不知道被殴打能不能让我高兴起来。"我曾经觉得在练拳的过程中，被打、练到浑身青肿是很爽的。我对生命的态度也是觉得自己"死了算了吧"。当然很多人还是有许多牵绊和不舍，不会选择死亡，但是这种想法会冒出来。

我接触的抑郁症患者有一个共同心态——严重自责。我们觉得自己活着就是个废物，对不起这个，对不起那个，这个也做不好，那个也不会，就是家庭的累赘，就是朋友眼里的蠢蛋。除了能呼出二氧化碳，为植物做贡献之外，再也没有别的用处了。

2.为什么得抑郁症的人好像都是聪明的、有钱的、有能力的人？如果你穷到吃饭都困难了，恐怕就不会得抑郁症了吧?

不！很多穷人也会得抑郁症，这就是为什么在很多乡村会出现喝农药、上吊自杀的情况的原因之一。由于心理治疗在多数国家属于自费项目，因此很多人没有经济条件去看病。抑郁症的挂号费、医药费、手术费非常昂贵，而且这些费用都是自费的，穷人没有办法去治疗，也没有足够的知识来意识到这是"病"，很多人只把抑郁症当作心情不好。

可是，很多针对穷人的公益组织发现，由于穷人面对的生活压力很大，因而抑郁症患者非常多，并且他们无法获得应有的关心和治疗。他们的境遇比高知识、高收入的抑郁症患者的境遇更加悲惨，最后恐怕穷人只落得个"一哭二闹三上吊"的评价。

3.抑郁症和性格有关吗？

不能说完全无关，多数抑郁症患者在生活中是对自己要求高、追求完美、寻求认可的人。但是，也许他们是很乐观的。是很坚强的，是人生阅历丰富的，是能够面对大起大落的。我认识的大部分抑郁症患者在生活中是阳光普照、嘻嘻哈哈的样子。这个不用我多说了，憨豆先生、周星驰、赖宝等已经证明了这一点。

可是在我最初看赖宝微博的时候，我就断定他是个抑郁症患者，因为他所有的快乐都来自对未来的绝望。"活一天就开心一天吧，反正明天不会更好了"，这是很多看似搞笑的人的内心台词。有一种自嘲的逗比，这种人往往容易得抑郁症。

我认为那些惯于以自嘲的方式来取悦他人的人，多少有些抑郁潜质。只是"我认为"而已。

4.如何对待抑郁症患者？

我听了太多鼓励的、正能量的话了，我不想说我个人应对这一问题的方案。但是我建议不要对抑郁症患者喊"加油"，他就是一部荒野中的破车，不仅耗尽了油，而且整个发动机都坏掉了，四顾无人，也无加油站。在这种时候，你在他身边高喊："雷德丝

and 简特们！（Ladies and gentlemen！）康姆昂北鼻！（Come on，baby！）加油！让我们口号喊起来，阳光起来！正能量在前方等着你！油门踩起来！方向盘转起来！向前冲！！"

——你不觉得这很傻 X 么？

所以，轻度抑郁症患者是可以适度鼓励的，但是如果已经是重度抑郁的话，就不要再盲目鼓励了，因为"臣妾做不到啊！"。拜托，能不能把我的发动机修一下，把我的方向盘安装好，然后再来和我谈加油这件事。

"走饭"曾经在微博里说："我一听到'你要行动起来了'，就恨不得冲出去被车撞死。"就是这样，我特别不愿意听到人家让我行动起来，特别不愿意！

很多抑郁症患者的内心语是："你滚过来跟我喊加油、灌鸡汤、讲道理，我保证不打死你！"

是的。我无力打死你，我只能远离你了。不是因为对你有任何的情绪，而是想逃避伤害，带着"算了算了，不跟你说了，本来也不能奢求别人理解"的心情，越躲越远越孤绝。

最好的爱是陪伴。我运气很好，遇到了很多虽然不了解抑郁症，但是会陪伴我的人。我的老公，有时候把我像一颗植物一般养着，默默做家务、询问我"吃饭睡觉还好吗"、陪我坐坐，给我浇水施肥，让我不言不语地生长，不问不劝不鼓励。我能这么快地好起来，要特别感谢他。陪伴，是最好的爱。

我的一些朋友选择了不理我。其实这样很好，如果没有足够的专业知识和照顾的义务，那么就请远离，不要去打扰抑郁症患者。我知道他们是怕伤害我，所以不理我的，不是因为厌弃。

而另一些朋友选择了倾听，偶尔回复两句"吃饭了吗？""今天舒服一点了吗？""记得吃药！""需要我陪你做什么你就说！""我反正睡得很晚，想聊天就找我哦，随时！"除此之外，其余时间就安静地听着，不再多说。

更有一些朋友，会主动来跟我说："嘿！我今天和老爸出去买了二斤牛肉，你说要不要配辣椒啊？"——亲爱的，你何曾跟我说过牛肉啊？我哪里知道要不要放辣椒啊？你分明就是想说一些事情来分散我的注意力。我懂，我感激！

我们换个角度来想象一下就很容易理解了。就像我在节目中说的，如果一个人骨折了，你一方面不能纵容他在床上躺着，你要让他多多补钙、晒太阳、补充营养、积极治疗。但是，另一方面，你不能说："站起来！我的爱拥抱大海！嗨呀！嗨呀！"拜托！老娘骨折了！

我们对待一个骨折的人会有这样的常识。例如，我们对待一个感冒的人，我们知道要他多喝水、请假休息、多睡觉。可是，我们对待一个抑郁症患者时，却缺乏这些基本的常识。

今天好累了，就写这些，明天继续。

晚安！愿你有爱！

2014年8月13日
学着放下

　　萝卜苗真是"蠢人菜"，一把种子撒下去，隔三岔五浇浇水就不用管了，一星期后就可以吃了。今晚我把萝卜苗剪下来，做了萝卜苗汤，真是美味（要是我勤快一点儿，再弄点儿芋头在汤里就好了）。我这种笨蛋还能养活一盆植物，真有成就感。

　　中午开始感觉四肢酸痛、浑身无力、毫无食欲。心理好恐惧：抑郁妖怪又来了吗？！不要啊！！结果回到家一测体温：欧耶！我只是感冒高烧而已嘛。我竟然很放心、很高兴。

　　对我而言，这世界上似乎没有比抑郁症更加可怕的病症了。我好像从来没有纵容过自己如此懒惰和脆弱。

　　今天在网上看到有一个版主的签名是："我梦想着自己是个地主儿子，家有良田万顷，每天不学无术，带着一群走狗混混们去调戏良家妇女！"这可能是很多人的梦想，"同一个梦想"。

　　我臆想着从明天起，我有一所房子，房子里住着一大家子亲人朋友，然后面朝森林，大雪封山。

昨天又被撺掇着去英国留学："大好的机会，你为何浪费啊？！生命之丰美当然就是要到处走走看看，体验不同的生活，交流不同的文化……"

可我就是懒得很，不想再有任何辗转。

常常被人说我抓到了好牌，却打得很迷糊。人生若真是赌局，赢的人，其实往往不是拿到了好牌的人，而是知道何时应该离开牌桌的人。

《珠光宝气》片头曲说："花枝挤天地。凭名气，凭灵气，凭傻气，凭什么，可采探自己。"突然觉得这是在说自己。

今天有人教育我说："真正的成功人士是根本不屑于发朋友圈和微博什么的。"

我脱口而出："可是我不屑于做真正的成功人士。"——我这种人真的好讨人嫌，为什么要那么伶牙俐齿，一句话噎死别人呢？

隔着烟气氤氲的火锅对朋友说："鸿鹄安知燕雀之志哉？"万米高空是鸿鹄的，我只想躲在屋檐下做只家雀儿。

我以前大概是属刺猬的，遇到可能的伤害，毛发直竖准备迎战，弄得自己壳尖尖，心碎碎。现在大概是属"惊弓之鸟"的，受了点儿伤，赶紧撒开脚丫子逃跑。生命里至关重要的人只有那么几个，其余的懒得去爱也爱不动了。

有些分离，是"再见亦是故人"，有些分离，是"想不起当初为何要在一起"。人会忘记很多身边的事、说过的话、爱过的人、流过的泪。

忽然细碎地回忆起曾经的很多片段，想起有一次路路心情不好，对我说："给我讲个笑话吧。"

我说："有一个人到衡山旅游，然后看见一个牌子上写着'衡山派'，非常兴奋，走近一看才发现，后面写着'出所'。"

路路听完哈哈大笑，很给面子。

昨天看到某某的文章，里面有一句话说："谁都不必说过得多么悲惨，谁过的都只是卖笑的生涯。"

笑，真的可以拿来卖吗？为什么没有人买哭呢？

2014年8月14日
他身后的世界变得更好了吗

今天领导找我谈话了。说实话，谈话内容令我非常难过，难过得想辞职。

领导开口第一句就是："其实你的病，都是你自己想出来的，是你心态不够好……你呀，看的书太多了，懂的道理太多了……答案你早就知道，是你自己不愿意勇敢去面对……你可能觉得我们都是俗人，但你干吗那么不接地气呢？为什么要把自己搞得那么仙气飘飘呢？……"

我举了很多例子，掰开了又揉碎了，努力辩解。可是，他听完我那些例子之后，说："天啊！你身边怎么这么多奇奇怪怪的人？这么多抑郁的人？你要多和乐观的人在一起，不要去和那些抑郁的人接触。"

我只好长叹一声。

他问我："你认同我说的吗？"

我在那一瞬间迅速做出了判断——在"不得罪领导"和"身

体健康"二者之间，我选择健康。

于是我摇头，坦诚说："我不能认同你说的话。

"我能接受你对我的不理解，如果我们换位思考一下，你是抑郁症患者，我是正常人，我也一定无法理解你。我也知道你对我的善意，包括所有同事和领导对我的善意和好心，但我没有办法做到你们要求的积极和快乐。

"比如，有时候过道上有几个人在开心地聊天，我就不敢穿过过道去上厕所，哪怕是憋到尿裤子也不敢从人群中走过去。

"这不是理性与否，读书与否，坚强与否，心态良好与否的问题。一个3岁的孩子，都知道饿了要吃饭，困了要睡觉，尿尿要去厕所。可这些，我就经常做不到。

"有一次我因为憋尿，把内裤抠出两个洞。还有一次尿了裤子。由于长期如此，我憋尿憋成了膀胱炎尿血，吃了几个星期的药才痊愈。

"你看我平时挺积极，还有点儿'蛇精病'，大多数时候还能漂亮地完成工作，所以恐怕更难以理解我怎么会有抑郁症。

"我知道你是善意劝解，也知道你是好心。我一度也非常想辞职，因为歉疚，因为我觉得自己给全台带来了低气压，给同事带来了工作上的负担，这让我非常自责。

"但我知道辞职是消极的方式，医生也不建议我做任何重大决定。"

话说到这里，我已经感到心悸了。我说："我只能尽量做到在上班的日子里、在节目中控制好情绪。我在办公室里尽量不说话。我不传播负能量。我尽量提前请假，不给你的管理造成困扰。我积极治疗、按时吃药。如果我实在做不到这些，就只能辞职了。我不能让自己成为你团队中的毒瘤，给你造成管理上的困扰。"

领导无奈地说："讲道理我讲不过你，你比我还理性。那好吧，彼此都积极努力吧。"

走出办公室，我躺在沙发上好久，才慢慢恢复了正常心率。凌晨，等办公室的人都走光了，我才能正常编稿。想起昨天另一位同事在朋友圈里发的生病感悟，不由得感到无奈和悲凉。

别的大部分疾病，都可以大大方方地交病假条，住院时身边都有鲜花水果和温暖的探望，都可以晒坚强、晒乐观，都不会被人说"离他远一点，别被他影响"。即便是传染病，也有慰问和理解。

别的疾病住院可以走医保，最贵的教授门诊挂号费也只有30块。可抑郁症挂号费动辄上百，药费上千，手术费上万，而这些都是全自费，这还不包括其他检查项目。

　　住院在精神科，"精神病"是骂人的话，人们唯恐避之不及。骨折了、感冒了不会被人指责和误解，不需要承受和躲避世人的误解。可我无论身处医院、家中还是办公室，都只能靠自己硬挺着，看时间一秒秒熬过去，把饭一口口咽下去。这种孤绝和无助，没有得过抑郁症的人，永远不会懂。

　　只有抑郁症，即便在张国荣去世这么多年之后，依然不被了解，更别谈被理解了。比如同性恋，我并不觉得它真的被大家了解和接受了。想起今年4月1日时，有篇文章在问：他身后的世界变得更好了吗？

2014年8月16日
谢谢你们给我的爱

又是四五点就醒来了，再也没有了懒觉。昨晚一直梦见去诊所看病，姚晨一整晚都在给我推销"白驼山壮骨粉"，我说我没钱买，她就像个复读机一样不断地对我说："我这是青春的粉，友谊的粉。"

两个多月没有好好搞过卫生了，家里乱得呀……早晨开始和一对钟点工夫妇进行了彻底的大扫除，扫去晦气，带来好运。

下午去政法频道做节目，谈抑郁症。为了上电视而化了妆。想起好久没有自拍了，试着拍了一下，觉得还不错哈。

由于公布了"抑郁日记"，所以有好几家出版社来找我谈出版，我还在纠结。一方面我希望能出版，这样会让更多的抑郁症患者和家属看到这本日记，我真的好希望全世界都能像了解感冒一样了解抑郁症。可是我现在对自己的文字毫无信心，我写得不好，很不好，我羞于把它们呈现。不是每一段历程都可以成为长篇的。可是，最近罗宾·威廉姆斯的去世，使我觉得作为媒体人，我的声音应该比别人的声音更大。

日记被很多人看到并转发。在自己的朋友圈里看到自己的文章被刷屏，感觉好奇怪，其实还有点不大舒服，好像自己的什么隐私被窥视到了，而且还要被大肆点评。其实，我明明是做好了足够的准备的呀，为什么当真正被如此关注的时候，还是觉得别扭呢？

不过，我留下了这些朋友们在转发时的文字，其中饱含的都是爱。

阿杰：总会遇到束手无策的时候，就像现在的我。她曾是我的正能量，她在直播间坐在我的对面，我就像在看一株向日葵。我祈祷她会好起来，我相信她一定会好起来。在她的小小的身体里有一团大大的火，只是暂时变了颜色。

Karen：她，是我大学时崇拜的文青，是我"海漂"时的密友，是我引以为傲的为数不多的明星朋友，是我在得知另一密友患上抑郁症时，唯一给我正确咨询的人。为使大家能了解这个神秘又陌生的疾病，希望每一个身边有抑郁症朋友的人转起来，让大家正确地理解这个疾病。

芷萱：我在很长一段时间里以为蒋同学在开玩笑，直到她充满勇气且不厌其烦地告诉大家什么是抑郁症时为止。如果情况没有出现在自己身上，大概没人会去关注这个既普遍又陌生的问题。

希望大家提早预防，也希望蒋同学好起来。

叶子：《女主播抑郁日记》，今天突然就火了。几天前看她在朋友圈里说好起来了，以为不过是像一次重感冒，又康复了，并不知道她曾经经历过一段黑暗、痛苦的日子。之前有为数不多的几次合作，有肝胆相照也有哭笑不得。和许多才华横溢的人一样，她真实、单纯、纯洁又倔强、毛躁。"301"夜晚她叮嘱我路上小心，深夜，她跟我讨论了半天局势。后来我见证她的工作、生活、游伊朗、发表时事见解。偶尔，我会跟她私信，她也会很用心地聊一会儿。突然有一天，她删除了所有朋友圈的内容。原来如此。后来，我们俩还随意地聊过，没有任何异样，我不曾察觉她曾经经历过的痛苦。人生，太奇怪了。她还是那样勇敢、有担当！原来，她希望以自己的方式帮助到其他的人，希望周围的亲友平安、珍重！有一天如果我哭诉，请包容我！

谢谢你！——有很多次我都想对他们这么说。相信"守得云开见月明"，即使我是太旧的人！

2014年8月17日
抑郁症——上帝的恩赐？

今天看了一组关于抑郁症的科普教育，里面有几个实验很好玩。

实验一：

两只小白鼠，在它们的前方同时放着好吃的。白鼠 A 可以顺利地吃到食物，但是白鼠 B 就格外悲催，每当它即将触碰到食物的时候，人类就把它拎回原点，它只好一次次地爬向食物，又一次次地被拎回去，莫名失败。

结果发现，悲催的白鼠 B 先生的大脑中负责传递感情的紫色神经信号源消失了。挫败感导致了生理变化。

实验二：

两个组一起打电游，一个小时之后，实验人员问两组成员："你们打死了多少小怪兽啊？"健康组的人往往不记得，他们只顾着打电游了。而抑郁组当中有很多人却能比较精准地说出刚才他们打死怪兽的数量，连他们自己也不清楚这是为什么。这就是抑郁症给人带来的生理变化，你会发现自己在某些方面的记忆力莫名其妙地上升了，即使你完全不想刻意记住这些。

是的，抑郁的好处是可以使你某一方面的记忆力上升，虽然整体上你对正常事物的记忆力会下降。

比如，我就经常弄丢这个、弄丢那个，忘记关冰箱门，忘记取下钥匙，忘记购物卡放在了哪里……可是我居然能记得那些在地下过街通道里乞讨的人每天都穿着什么颜色和款式的衣服。虽然我根本没有想过要记住这些。

实验三：

同一家商店，先播放忧郁的背景音乐，后播放欢快的背景音乐，然后采访每一个从商店里走出来的顾客："你刚才看到了什么？"

结果发现，在忧郁的背景音乐里，很多人能比较清晰地记得商店里的陈列。但是在欢快的背景音乐里，记忆力和观察力却莫名其妙地下降了。

实验四：

这个实验也很好玩，两个组打篮球，组员都没有受过篮球训练。结果发现，抑郁组的投篮命中率比非抑郁组要高。也就是说，抑郁症患者对于距离、力度的感知更加敏锐和准确。

可见，抑郁症是有很多好处的：抑郁症患者不仅在情感上能理解自己，也能让自己变得更加敏感，并且获得某种独特的记忆力和观察力。难怪凡高等一些艺术家有抑郁症，或许并不是因为他们是艺术家，所以得了抑郁症，而是恰恰相反：因为他们有抑郁症，所以天赋异禀，成就了他们。

若真是如此，抑郁症算不算是上帝恩赐之一种呢？

2014年8月18日
爱，是理解的别名

忘记吃药，下了节目就睡了，醒来就不想吃饭。不快乐是瞬间袭来的，我完全不去抵抗。躺了半小时，回过魂来了。我不断地告诉自己：这都是病症的表象而已，所有的感觉都不是真的，都会好的。

昨天听到马栏山某超市在高声放着金海心的《唱过什么歌》，歌词唱："离开钢琴生活，没把握。"想想我自己其实也是，离开文字和音乐生活，没什么把握。我曾经错误地离开了很久，还是准备捡起来。

最近流行"冰桶挑战"，看着很好玩，一排人狂欢。在狂欢的另一端是台湾电影《艋舺》的导演钮承泽先生。他神情肃穆，站在冰桶前，拒绝了助手的帮助，从剪开冰袋开始，全程自己动手。在淋水之前，他只说了一句话："大家好，我是钮承泽，渐冻人很痛苦，我非常清楚，因为我的爸爸就是渐冻人。"

言讫，举桶淋头，目光无限伤痛。这段视频，把我看疼了。

患病的和围观的，永远是两个世界。

人过三十之后，如果还在对别人说"我很理解你""你必须""你应该""告诉你要怎样做才对""我早就看透啦"之类的话，那就真要恭喜他青春永驻。今天一个年轻的电视台编导找我，想约我采访。大概是为了能说服我同意接受采访，他对我说的第一句话就是："姐，我理解你，我也是学播音主持的，我压力也很大，所以我理解你。"

我当时听到这句话的第一反应就是想把电话挂掉。你理解我？开什么玩笑，我从来不觉得一个健康人会理解抑郁症。我甚至觉得在我状态好的时候，我都无法理解那个抑郁的自己。

不过，他还小，20岁出头，多好的年纪，一个相信自己能理解所有世事的年纪。

2014年8月19日
总有一些疼痛是抹不掉的

　　许鞍华的《黄金时代》要上映了。我喜欢许鞍华的每一部电影，尽管我其实是一个不大看电影的人。总觉得许鞍华镜头底下的每个人乍一看都是没有什么颜色的，灰扑扑的，他们的人生中的任何一段拎出来，似乎都只能成为一个小小的叹息，飘一飘就散了，无法成为一个步履扎实的长篇。可是等看到最后，却又发现每个个体都是如此丰盈。

　　在杂志上看到一段关于她的访谈。许鞍华穿着厚厚的大棉袍，叼着烟说："我就是很害怕群体啊。我以前抽烟，有些朋友就是要逼着你健康，我在他们面前就不敢抽烟。我其实不喜欢这种人的，他们总是逼着别人和他们一样。很多女人都这样，反倒是男的好一点。我觉得对自己有要求没问题，跟朋友交流也没问题，可是如果觉得自己的生活方式是唯一的、最好的生活方式，觉得自己高人一等，我就不理他们了。即使是最好的东西，如果要强迫所有人接受，都会变成一种暴政。其实生活里有好多暴政的。难道我不知道抽烟不健康吗？可是人应该有抗拒哪怕是最好的东西的权利。所以你看怎么办，我只能一个人。"

是，我知道乐观的心态很好，但是我有没有勇气面对自己的悲观？我知道健康的生活方式很好，但是我有没有智慧接纳自己的疾病？我知道坚强很好，但是脆弱时我能不能抚慰自己？……这些，都是我以前从来不曾想过的，甚至不曾允许自己去想的。

我有几大本摘抄本，上面是我读中学时抄的一些冰冷的励志语，最近我常翻开来看，妄图从中寻找一点儿力量——

"总之，自己一双手维护着自己，就是公平。"

"现在不是哭的时候，哭是无助、伤心、绝望、放弃的表示，只要还有一分希望，一点精力，一线生机，一分援引，我都不会哭。"

"除了那些一眠不起的人，所有人都必须在太阳升起来时面对世界。"

"生活中不论有多少苦难，原来都是一个学习的过程，用理论去讨回公道是白费唇舌，必须付诸行动先发制人，才有讲公道的机会。我不怕输，我也不能输。"

"我没有对不起自己的人生，我很努力、很认真地活着。能知道自己要什么，而且坚持打死不退的人，是懂得过日子的人。"

"要善待自己的根本点和立足点就是要靠自己。"

"清闲对于年轻人来说，本身就是极大的惩罚。"

这样的句子，我曾抄了满本，因为我以前很爱哭，就连买了一件毛衣，回家妈妈说"不好看"，我都能为此哭上半小时。于是，我用了各种方式来训练自己不哭，我以为这就是坚强。我也用了各种方式去看人生的那些残酷面，似乎这样就能提前做好应对生活风暴的准备了。

但是，这导致了我泪点畸高，我现在常常哭不出来，无论是面对柔软还是残酷，我都哭不出来了。这使得我的宣泄方式异常惨烈，连撒娇都是捅人一刀的模式。

这样不好，不好。

可是，丫米姐说，即便可能愚钝，可能受伤，也不能因为遭遇的痛苦和寒凉太多，就拒绝一切人类的柔软和说不清的感觉，而通过坚硬和理性来对付人生。其实，在很多年里，我都在通过坚硬来对付人生。我的日记本上都抄着梁凤仪、亦舒的女强人语录。

可是自从生病之后，我只愿意看那些温柔的文字。

人生有很多昏茫的角落，藏着促狭、报复、不甘、怨怼，而这些角落的门牌往往写着：执着、果决、坚持。一不小心，就一脚踏了进去。

今天刷微博看到一段吐槽文字，一个博主说："在巴黎罗浮宫和奥赛博物馆，我看到好几位年迈的妇人坐着或站着临摹名画。有的画得好，有的刚学，但那有什么关系？她们化着淡淡的妆，衣着得体，带着水和面包，在博物馆一待就是一天，不会麻烦别人。她们的晚年如此独立、美妙，享受艺术，保有尊严，我看得百感交集。不由得想到中国妇女沉重而无奈的一生。"

然而，下面有一条神回复："不算什么，我们有带孙子、打太极、跳广场舞、练剑、虐儿媳，其乐无穷。看到巴黎年迈妇人们无聊而又单调的晚年生活，她们压抑而苦闷，在博物馆连个话都不能大声说，处处谨小慎微，不由得觉得我们简直是身在福中不知福。不要瞎羡慕。"

谁说不是呢？

其实每个人可能都有莫名其妙的自卑的点吧？

据说李娜要退役了。看到她在《自传》里说："我不用我的教练再来批评打击我了，我自己已经完全看不起自己了。"——可是她是独一无二的冠军啊！

赫本多美啊！可是看到采访里说："她不喜欢自己的脸颊太方，也不喜欢自己的鼻子太尖锐，略抬头时显得鼻孔好大，所以她常常微微低头来拍照。她的脑门上方的头发非常薄，所以总是需要在发型设计上作特别加厚处理。她的眉毛太粗。相比于上身，她的腿由于跳了多年芭蕾可一点也不算纤细。她太瘦、平胸……"——可她是多么惊艳的美啊！

　　连林青霞都哀叹自己命不好。

　　总有一些疼痛是抹不掉的，在口外身畔。所谓对抗，再努力也有限，虽然刀削斧凿一般出现在脑海里，其实谁也看不见，包括自己。

2014年8月20日
有时候，"怕"是我们对这个世界最后的温柔

病中发了个大脾气，胃更难受了。静下来之后，心寒彻骨，决定把大雷拉黑了。因为我终于看到了大雷在朋友圈里对我的吐槽。她说：

你"抑郁"就要让满世界的人知道，唯恐错过一个？！谁信？当大家都是智商为零的傻子啊？以前你怎么不病啊？现在你自己把人际关系搞砸了，就来装病装抑郁了。你那"抑郁症题库"我也会得"高危分"！最后告诉你一条路：卸下戏装，改变戏路，这样你的"病"才会不治而愈！

要命的是，我还看到了她和别人的聊天记录：

1. 你少跟她玩，她是高智商，她会引导你的某些思维，让你更怀疑自己，你要跟生活积极的玩。

2. 她的病一句话："作"的。不"作"不死，太适合她。

3. 她不会死的，你看吧。

4. 你要小心她，她属于高智商，她现在到处寻找情绪不佳的

人跟她做同道中人，她理智得很的。

够了！我也不想再罗列下去了。

其实会有人背后说我装病，说我不"作"不死，这丝毫不意外。大雷会如此说我，也早在我的意料之中了。可是我承认，我终于还是伤心了。

我赶紧回头翻了翻前些天的朋友圈，好担心自己是不是说了什么令人讨厌的话。

7月1日：一盒药卖那么贵，为什么不能把说明书的字写大一点儿啊？看到这满坑满谷的小八字号，我觉得在接下来的一个星期的上厕所的时间里，我都有事做了。——图片是一张完全虚化的药品说明书。不会有任何人看出来那是一张抑郁症药品的说明书。

7月3日：你看，真的没有那么不堪和糟糕，据说还可以打麻将咧。赶路赶得太急了，我就跟不上自己了。休息，休息一会儿吧。

7月5日：不知道从什么时候开始，我逐渐掌握了一项技能：不管写什么，我都能把它写成一个笑话。当然，这并不是独门绝技。很多不太正常的人都可以。

7月8日：于我而言，"治愈系"的东西很奇葩。比如，看普京的照片、听越剧和二人转、刷"走饭"的微博、看物理书、终于完整地写完了一条朋友圈状态……当然，最舒心的还是中午吃完了猪油拌粉。

7月8日：很喜欢那些生意寡淡的店子，反正他们不需要翻台。吃完了可以一直坐着，还可以帮他们冒充一下有人气，不至于被老板嫌弃。

7月8日：李蕾说她身上有错别字气质，我觉得我有涂改液气质。走到哪儿都有人跟我说"你要改"，并免费附送"国破山河在"的表情和语气。我刚才尝试了一下礼貌地光着脚，就被礼貌地修正了，吓得我赶紧把脚丫子塞进包包里装起来。

7月8日：哈哈哈哈，医院的体重秤称出来我价值99.1元，好想甩给它100元大钞把自己买了，然后潇洒地说："不用找零。"不过……我把自己买来干吗咧？

7月8日：不要问我任何问题，我一听到"解决问题"四个字，就想冲出去给自己办个隆重的葬礼。我自己就是最大的问题，要不要把我给解决了？

咣当！四下里望旗杆人人得见，雪满阶前；这楚州要叫它三年大旱，那时节才知我身负奇冤！

我不明白为什么还会有这样的伤害、离间？这对她有什么好处？为什么生病前大雷还和我一起说笑、吃饭、喝酒，而在我生病之后就会如此厌弃我？她能从这个中伤的过程中得到什么呢？为什么要把人伤到彻底寒凉的那一步？留一点温度，不好吗？

今天，我把去年曾经很火的一部韩剧《听见你的声音》重新翻出来看，因为剧中有一句台词：不要把你的人生浪费在埋怨别人这件事上，这一生，要疼爱别人都还不够呢。

我努力告诉自己：不要恨，对那些不理解抑郁症的人，不要怨。

话是这么说，可是，说不难过是假的。宫崎骏的《幽灵公主》台词说："内心强大，才能道歉，但必须更强大，才能原谅。"——我只能原谅自己还不够强大。

彼此若太了解，一旦认真互相伤害起来，就会哪里最疼戳哪里，一戳一个准。那个没戳准的人，不是因为出手有点儿歪，而是因为心疼。

我见过杀伐决断的寒凉，一身盔甲呼啸而来，披荆斩棘而去，赢是赢了，但实在是不讨喜，甚至难看。

"心狠"，可以高效率地解决当下，但是我不认为这样的"赢家"有什么值得羡慕的。怕疼、怕冷、怕伤，不见得就不勇敢。有时候，"怕"，是我们对这个世界最后的温柔。

2014年8月21日
真正地接纳自己

今天，我收到了饭饭妈妈的明信片，这明信片走得可真慢，从7月的泰国一直走到了8月的长沙。饭饭妈妈去泰国前也得了抑郁症。哎！这个病的发病率就是这么高。

她来找我咨询，我也无力解答，只能把心理医生推荐给了她。不过我想，大部分人大概都不愿意吃药，也难以坚持去复诊吧？

每次到了复诊的日子，我就把自己陷入深深的纠结里。一方面我必须去复诊，而且我其实也很愿意去，因为每次和医生聊过之后，心里就会舒服一阵子。哪怕是这么短短"一阵子"，我都觉得是一个巨大的喘息。但是另一方面，我一想到要出门、坐车、挂号、等待……就躺着不想动，拖啊拖啊拖。日头太毒、星期一人太多、晚一两天去也没事儿……反正借口可以信手拈来。

不过，如此看来，虽然拖拖拉拉不按时，但是我毕竟坚持治疗到了现在，是不是应该点个赞呢？

明信片很淡雅，看不出是哪里的景色。只不过是小小广场上的两条晒衣绳，晒着几件简单的夏日旧衣。拍得朦朦胧胧，有小文艺范儿。

　　PAI 是一个看上去还不如长沙近郊某个区域繁华的地方，在我捧着清洁袋呕吐了两次之后，转了 700 多圈的 bus 终于到站了。这里和泰国的其他地方一样，水果便宜好吃，居民小贩都能讲一口好中文。我们住的酒店超级 nice，现在我撑得和猪一样，准备回酒店了。听过很多道理，却依然过不好这一生的我们，一定有机会扳回那一局。——熊

　　能够撑得像猪一样，大概已经好很多了吧？好羡慕她还能够去旅游，还能在旅游中放松自己。我现在看到别人旅游的照片丝毫无感，根本不想点开看。

　　曾经我也算是个"驴子"，背包进过西藏、新疆。现在，打死我都不想去任何地方走动，我甚至讨厌和惧怕去面对新的风土人情。

　　好吧，那就待在原地算了。

　　最近看到台湾拍了一个关注抑郁症的宣传片，里面请了很多明星，包括陈汉典、九把刀……整个系列四集，都拍得很棒。

　　如今觉得，真正的正能量，不是勉强压抑自己和伪装笑脸，而是允许自己不快乐，允许眼泪和脆弱的存在。接纳情绪、承认

缺陷、正视挫败，然后以自己最舒服的方式，或走或停。不给自己负担，才能不给别人负担，进而学会倾听和理解他人，这也是成长之一种，即使我成长得很缓慢。

2014年8月22日
"郁金香"——曾经抑郁，而今芳香

好棒！今天看到我的研究生同学阿宝，胳膊上还打着绷带呢，她接受了"冰桶挑战"，同时还给瓷娃娃捐了款。其实，阿宝和我一样，也是抑郁症患者。她患病比我早，去年就发病了，当时她问我是否认识一些靠谱的心理医生，我还没怎么在意，因为我也不认识谁。

后来她好像去泰国旅游了一段时间，貌似康复了。可是今年6月，也就是我病得最严重的时候，她也复发了。成天电话关机，在家里不吃不睡的。

大概在我确诊后的第二周，她也去协和看了病，中度抑郁。其实，那时候我觉得她病的程度貌似比我的更加严重，因为我还能书写，还能发发朋友圈，虽然上班上得很难受，但是大部分时间里我还能勉强应付工作。然而，阿宝当时已经完全不能上班了，也不能接电话。偶尔接一次电话，她就会手心冒汗、浑身紧张，靠吃药才能略略缓解。手臂摔伤后，她干脆辞职回家了。

阿宝为什么会得抑郁症，我不得而知，也不想去问。我也好讨厌别人问我"你为什么会得抑郁症"，每次面对这种问题，我脑子就会疯狂地转起来：为什么为什么？因为工作压力吗？因为感情危机吗？因为欲望大于能力吗？……啊！我为什么会得抑郁症啊？！——活生生地自己逼疯自己。

但是，阿宝跟我说："我好焦虑，因为我总觉得我穷。你觉得你穷吗？"

穷！

不要跟我说什么"你有房子，你月薪过万，你家境小康……"，我知道！我知道我不会买不起明天的早饭，我不会担心露宿街头，可就是觉得自己穷，穷得焦虑，穷得要赶紧起来去做些什么。

可一旦想到要去做些什么时，我就开始感到恐惧和难受，就开始吐。于是我只好继续像一个植物人一样躺着，躺着，穷，穷，躺着。我把所有的精力和时间，都用来做这种徒劳和无聊的恶性循环了。

得病后的阿宝成为向日葵基金会、协和医院的义工。我也在郁金香抗抑郁公益组织帮忙。我曾经说过："虽然我以后可能会做各种工作去赚钱，但是，普及抑郁症知识这件事，我会把它当作事业去做。"

因为我多么希望大家能知道什么是抑郁症，多么希望他们能够不要去伤害身边的患者。

谁也不能保证自己不生病，所以谁也不愿做永远的无知者吧？

2014年8月23日
我需要面对的世界就这么大

　　朋友圈要变成大集市了。满坑满谷都在忙代购。有些人很烦朋友圈里人人皆商，可是我却好喜欢，觉得大家都好有生气啊。做自己喜欢做的事情，晒自己的成就，还能赚钱，多好玩啊。Karen 嫁去韩国之后，在卖各种萌萌哒的韩国小文具，我自己虽然不会买，但看着也是极好的。

　　我的阳台小菜园新开工了，撒了朝天椒和黄瓜种子。它们还在土里做梦，不知道会不会发出芽儿来。

　　刻意地缩小了生活圈子之后，发现自己好像提前进入了老年生活。日常的菜是由常去的小菜馆老板代买的，他每天买什么，我就顺手拿些什么，再如数把钱给他。他家最好吃的是丝瓜，炒出来嫩绿的一汪，带着丝丝清甜。自从有了果汁机，我每天兴趣十足地买各种水果来自己榨。小区里有个小水果店，老板是大眼美女，笑脸盈盈，每天会在朋友圈发最新到货的水果。我有时给她微信留个言，她的帅弟弟就会送货上楼。

除了上班，我不聚会、不社交、不娱乐，日复一日。

吃完饭给阳台菜园松松土，就睡午觉去了。对了，我早晨还去跳了广场舞，导致一整天我脑子里都在盘旋"夏天夏天悄悄过去，留下小秘密……"。

活得好丰富，却也过得好稀薄。

今天陪妈妈去社区小诊所挤掉了一个小脓包，给多年来一直资助的小同学汇去了新学期的学费（每个月只有100块而已），帮助竞标艰难的朋友写了广告词，用一瓶醉蟹跟小区水果店的美女老板换了一只释迦果。这是我第一次吃到释迦果，甜甜涩涩的口感，好奇怪。

帮郁金香抗抑郁公益组织的负责人修改了演讲稿。做了点儿小面点，失败了。在网上买了送给同事的宝宝的玩具制作材料，准备开工。

收到了汇款单，对方体谅我的不容易，特意多给了我100块钱的稿费，虽然只是100块，却感到深深的暖意。

给几个外地的朋友邮寄了长沙特产"巢娭毑月饼"。

在微信上牵线搭桥，做了一次红娘，把一位单身美女的照片发给了另一位单身帅哥，但愿能成功哦。

还给一位年轻的小同事做了一下业务交流指导。

其实，这些已经足够我应付的了。即使这些我应付不来，它们也足够让我疲惫不堪了。这世界需要我面对的，大概不过就是这么少少的几个人。从这个意义上来说，社会复不复杂和我并没有太多关系。

2014年8月24日
愿你我温柔相待

今天，看到有朋友发了一条微博，怒斥火车上的一对爷孙。孙子是个五六岁的男孩，从上火车起就开始大声吵闹，爷爷也不大管。后来孙子想要打爷爷，爷爷不许，伸手挡了一下，孙子就生气了，开始大哭大吼，吵得全车厢不得安宁。博主气坏了，心想：丫真是没家教被宠坏了，将来到了学校里、社会上，一定会被好好修理的。

以往我看到这种微博，也会觉得"熊孩子真混蛋""没家教的"。可是今天看到之后的第一反应是，或许这孩子是"星星的孩子"？有多动症或者自闭症？也许他无法控制自己的行为？也许爷爷是带着孙子去北京看病的？……你永远不会深刻地知道别人遭受过什么，大多数人越是疼痛越是隐藏。我最近思考问题的角度好像变了呢，不知道这是好事还是坏事。真的不知道。

也许真是遇到了熊孩子，也许又要被人嘲笑是假装"道德圣母"。但是，我还是宁愿更温柔地揣测他人。

2014年8月25日
生命他给你一些，不给你一些

失眠成这样也是蛮美的。先是幻觉有一个高富帅闯入了我家中，要强行把我扑倒。然后在这种闪躲挣扎的幻觉里，一直半梦半醒，折腾到凌晨4点。忍无可忍地开灯起床，放了一会儿佛乐，那些幻觉慢慢消失了，变成了眼前熟悉的床、被子、枕头，然后慢慢睡着……

梦里，我到了一个菲律宾小岛，要从这个小岛转机去上班。可是小岛被军方接管了，我只能滞留在当地。我哇哇大哭着给搭档打电话："完蛋了啊！我今天要旷工了！"

然后，我就在这个小岛上，自己一个人做了一期节目，虽然军方的大炮、轰炸机满天飞，可是这里的风景美得让人震惊。

小岛每天都有几个小时是被彻底淹没的，在那几个小时里，我看到了海底的史前森林和恐龙，它们还是活的。

早晨醒来，我把这个梦说给朋友听。他说："这不是梦，菲律宾真的有这个岛，叫作'处女岛'。这个岛每天大部分时间被淹没在海底，只有在中午12点到下午2点之间是露出水面的。"

好神奇，听说抑郁症患者的梦，可以看见很多常人看不见的东西。难听一点儿说就是"脑子搭错线了"，好听一点说，大概可以算作是天赋异禀吧？说不定凡高等艺术家们之所以有天才的创作，就是因为抑郁症。

生命他给你一些，不给你一些。

因为醒太早，我大清早在厨房烤蒜香面包、榨果汁。果汁机是闺蜜青音送的，当时她在电话里说："听说你生病了，给你寄个好玩的小东西，想让你高兴起来。"收到这个"小东西"的时候，我惊呆了。一只巨大的惠人原汁机。我不识货，弟弟看见了大叫："这玩意儿不便宜。"他用手机扫描了一下，要好几千。我有点儿被这种丧心病狂的"高大上"吓到，觉得自己被宠爱得过分。有了如此多的爱，我为什么还会抑郁？再一次有一种对不起老天的感觉。

在厨房做好早饭，自己慢慢吃。一个人的清晨，安静得很。忽然想起12年前，听到电台里主持人说："有时候，'人群'这个词，本身就很温暖，所以，要走到人群里来。"

可我还是惧怕人群，非常怕。"那……就算了吧。"我对自己说。先躲起来过吧，过舒服了再说。

我看人群真恐怖，料人群看我亦如是。

2014年8月26日
我是抑郁蜘蛛女侠

　　我退群了，因为我发现群里有一种莫名其妙的"正能量"，比如有一位叫作"光"的群友得了抑郁症，在群里倾诉自己无能为力，什么都做不好，想做外卖生意又不敢。接下来群里就有很多人会鼓励他，甚至有些相熟的人会要求他，"我上次不是帮你联系了某某吗？你可以跟他去做外卖啊，为什么不去？""不想干你就辞职呀！""不开心就离婚算了！""看着你都着急，你能不能不成天哼哼唧唧的？"

　　……

　　我不知道这位"光"在群里到底会得到什么帮助，但是我开始明白一件事：别再去抱怨别人不能理解抑郁症患者了，就算是我们自己也无法很好地理解自己。如果自己都不知道如何应对抑郁症，自己都不寻求科学的医学的方式去治愈，就没什么资格抱怨世人的误解。这取决于我们自我认识的欲望、深度，还有方法。

　　我倒是觉得帮助"光"转移注意力，比抱怨指责他负能量更重要。其实每个人都有自己感兴趣的地方，都有能够激起快乐情绪的地方，只是苦于找不到罢了。

看来病友之间也并不懂得爱自己，互不理解，都感到迷茫。我想起刚得病的时候，肖总给我发了很多微信，因为她自己也曾经得过抑郁症，可是我那天非常不客气地回复她"我不想跟你说话"。

因为她告诉了我很多很多方法，什么"你要找一个支柱""你要去运动""你不要想多了""你要……你要……你要！"，可是我满脑子都只有"我不要！我什么都不要！"。越是教育我、指导我，我越是觉得反感，就像一个处于叛逆期的孩子。

有出版社看到了我的"抑郁日记"，要来找我出书，我纠结犹豫了很久，还是决定答应出版。有人说："我抑郁的时候，根本一个字都说不出来，你还能写这么多？"是的，对我而言，这是最好的治愈方法，也是我唯一的排解方式。我庆幸老天给了我这个技能，让我可以表达。与很多抑郁症患者相比，或许我的文字更流畅，我的身份更加标签化。

蜘蛛侠说："能量越大，责任也就越大。"我是抑郁蜘蛛女侠。

2014年8月27日
荒漠里的一泓清泉

今天我和心理医生沟通之后，决定停药并且不再复诊了。其实医生也没什么把握，他说他也不知道这样是不是对我更好，只能试试看。如果感觉不大好，还是要继续找他复诊。不管怎么说，不用再吃药了，我还是很开心的。

现在想想，我觉得抑郁症其实教给我很多东西。之前我曾经因为别人对我的不理解、对我的态度而感到非常愤怒。但是现在我觉得她们其实教会了我对待事情的另一个态度：不可能所有人都理解你、喜欢你、认同你。以前我只知道劝自己"不理会就行了"，而现在我会比"不理会"多想一步。我觉得一定会有很多人和我一样，被这种不理解伤害过。除了自己摆脱这种伤害之外，我还可以帮助别人。

前几天看新闻，翻译家孙仲旭因为抑郁症自杀去世了。其实他是个很热爱生活的人。我发现：越是曾经热爱生活的人，当他感觉自己对生活再也爱不起来的时候，会倍感挫败和自责。

我看他前一段时间去了喀麦隆，如果他去喀麦隆的目的是通过旅行来缓解身心的话，那真是南辕北辙了。归根结底还是太多人不了解这个病，用了错误的治疗方法。

我抑郁症很严重的时期，就是完全不能工作甚至不能吃饭睡觉的时期，也恰恰是我最接纳自己失败的时候。那时候，我会从心底里觉得：我只要能恢复到吃饭、走路、健康，就好棒了。

每吃完一顿饭，每完成一次简单的社交、一项很小的工作，我都非常有成就感。那段时间反而是我最容易满足、感恩和最不自责的时间。

前几天在医院，我旁边有位母亲，她的孩子4岁，打针不哭。我对这位母亲说："你儿子好勇敢哦，打针都不哭的呀。"这位年轻的母亲一脸坚毅地跟我说："是的，因为我自己的妈妈很早就去世了，我必须很坚强，所以我教育儿子不许哭，想哭的时候就要强迫自己笑。"听完这句话，我感觉后背发凉，觉得这孩子好可怜。

丫米说："有时候我特别难受时，就给我的好朋友们打电话，问他们，如果我没钱、没收入、没房子，去你家住一个月好不好？好朋友都说：'好！养着你。'"

哈哈，你如果愿意来长沙，我也养着你。虽然都不过是说说而已，但是这样的"说说"，恰恰就是我们相信生活、相信温暖的底气。

2014年8月28日
与其诅咒黑暗，不如点亮灯火

在路边看见大妈们在跳《小苹果》，竟然有点儿泫然欲泣。这是什么毛病？

我的小香菜和小辣椒们，都已经发芽了。太需要思考和经营的事情，其实不适合我。大环境就算"山雨欲来风满楼""大风起兮云飞扬"，我也并不需要做一个"威加海内兮归故乡"的人，总可以尽量让自己的小环境"一尊还酹江月"的。

想起了去年和大提琴界的著名演奏家朱亦兵老师聊天：

——"你回国之后，看到在高级音乐厅里铺着红地毯，会难过吗？"

——"那就做点什么吧。"

——"看到外行瞎指挥内行的时候，会愤怒吗？"

——"那就做点什么吧，让外行变得内行一点点，让音乐自由一点点。"

……

朱老师在瑞士多年，出身音乐世家，一身儒雅，却又常常带着点儿"愤怒中年"的感觉，各种看不惯"中国式"，他无数次地遇到在"高大上"的音乐厅里铺着红地毯，为的是"显得富贵、喜庆"，或者"领导讲话站上去好看"。

可是，稍微有点儿常识的人都知道，音乐厅里哪有铺地毯的。地毯会吸音，导致音质大大受损。我看过两次朱亦兵的现场演出，一次是他和学生们一起，在演出前一点点把舞台上的地毯都卷起来，曲终人散之后，又和几位学生一起把地毯铺回去。第二次是他有点儿懊恼，因为地毯被牢牢地粘在了舞台上，无法卷起来了，没想到在演出的间隙，他在舞台上说："这音乐厅真好啊，可惜，铺了红地毯……"台下的演出主办方领导听了有些尴尬。

可是他其实对演出场地一点儿都不挑剔。虽然他有那么多的看不惯，常常会讨厌各种"中国式"，但是作为大提琴界的顶尖人物，他依然选择在中年后回国组乐团，带学生。他常年到各地演出，在工地上、图书馆里开演奏会，做室内乐普及。

他在瑞士有豪宅，在国际顶级乐团做首席，出身名门。可是为了普及室内乐，只要有人邀请，他自己掏钱，不顾舟车劳顿就去了。

今天看到"郁金香关爱抑郁患者"志愿组织的负责人在为抑

郁症患者谈基金会赞助项目，同时帮助患者就业。从照片和日常的交流中，我完全看不出陈巍是一个抑郁症患者。

世路到哪里都不好走，那就——做点儿什么吧。

与其诅咒黑暗，不如点亮灯火。

2014年9月1日
和病痛相处，既是缘分，亦是修行

没想到公布的两则抑郁日记引起了这么大的反响。因为很多人其实并不知道我有抑郁症，而且以往我出现在众人面前的形象都是特别逗比、乐观、洒脱的，因此很多人看了日记内容感到很震惊。

我没有想到有这么多人，甚至是一些从来都不会跟我联系的同事，给我发来了Email、微信，寄来了小礼物。这让原本对人际关系处理有些自卑的我受宠若惊，这可能是最好的恢复自信的方式。

朋友，在大多数时候是没什么用的，也不是拿来"用"的。在你仓皇跌倒时，朋友却是最好的情绪载体和"树洞"。

我将这些微信或邮件——记下，莫失、莫忘。

WW 老师：

我也是抑郁症患者，程度较轻，我是自己意识到可能得了这个病，主动找的医生。药物治疗后，基本恢复正常，偶尔还会出症状，但可以自我化解。我的经验是，一定要服药，因为这已经是生理上的疾病了。同时，摆脱恶劣情绪，坚决摆脱，回避可能引发不良情绪的一切因素。强迫自己快乐，甚至自己和自己微笑，这招很管用。再有，多吃香蕉，医生说的，香蕉中富含抑郁症患者所缺乏的元素。抑郁症是疾病，能治愈，最起码能控制，如糖尿病一般。你还是以前那个热烈活泼的蒋术。

JJJ：

今天我复印去年的获奖证书，还看到我们的《早安今天》竟然得了个三等奖，看到上面你的名字就让我很想你。上次见面觉得你状态不错，哪里知道你是在忍受。真的很想你，是不是难过时也不想和我们这些人说话？

今天真是 N 次想到你。复印证书，包括刚才看职称论文材料里有"大舞台十佳栏目"的证书，格外注意到有你的名字。其实，虽然不在一起，每天这样的"想起"却很多，啥时咱们可以再像上次去半岛酒店吃下午茶一样，不为别的，只为虚荣一下，装装小资呢？

林歌：

下周末到我家来呀，奶奶给你做北方生煎。早睡，晚安。

FL：

今天怎样？午饭做的什么呀？有没有不放辣椒的？今天我爸

去牛街买的羊肉，煮了三小时，中午一顿海喝。

我晚上基本都要两三点才睡，如果睡不着，想找人聊天，随时。没事，慢慢来，没有过不去的。害怕的时候记得：我在呢。哭一哭，笑一笑都好。慢慢习惯了和情绪相处就好。

ddtoys：

真的是要来论生死了吗？其实我也是"活体绝症"，我得糖尿病了！不过，只要我还有头发，一切都不怕。

其实糖尿病本身并不可怕，但是因为血液是全身走的，所以控制不好血糖的话，上到视网膜病变失明，下到糖尿病足截肢，都有可能。不过没事儿，我可以吃口味虾。

我确认得糖尿病那天，差点儿瘫在医院里了。你能跟我说一下你的检查结果吗？不勉强。

我呢，也不和你分析什么病情了，那都是你和医生的事儿。你看小崔，抑郁的，现在不也活蹦乱跳？"世界杯"时还天天调皮，现在在和转基因各种斗。

你看，这是我新收拾的书柜。看！这是我拾掇出来的多年前的CD机，上淘宝花了88块配了电池盒。哈！最关键的来了——看！这是你送我的CD，我就听你送我的。

说白了，我翻翻书听听歌，还不就是自己逗自己玩儿呗。说不攀比、不想赚钱，那真是扯。但是，除非你废掉完好的自己，变成你自己不想要的样子，否则，我这样老实巴交的人，真是难发大财，还把身体废了，不值当。

做你想要的自己。其实，你的钱够用了，你有房子有保险，最不济去找个偏僻些的地方当老师，都能活的。

嗨，你看我整得跟鸡汤似的。我最近不能见你，一来天气太热，无法拥抱。二来现在的我，太做作、太文艺、太敏感、太双鱼、太矫情、太忧郁、太病态美。我怕影响你。

做做饭，别荒废了手艺。我真的想你，纯洁的，都好好的。

还有，多晒太阳，隔着玻璃晒没用哦。要少喝咖啡，少喝烈性酒，别抽烟了，毒品也戒了吧。哈哈！

茶喝淡的，哦，还有可乐，舍了吧，改喝苏打水。那些红牛啊啥的，除非你去开长途车，否则算了吧。你又不去车站扛大包，哪有那么多体力要补？别熬夜，睡子午觉。规矩吃饭睡觉喝水拉屎，其他啥都不用，锻炼跟上。把欠身体的赶紧补上。

你要是自责情绪严重，你就想想我好了。别跟别人比，我愿意被你比下去。你看我，这也不行那也不行，我都辞职在家吃软饭了。这些年，我也不知道在忙啥。年纪大了，不想再被外界打扰自己的生活了。

或者，你可以尝试找一样东西，只要不涉及反动、淫秽、暴力和毒品。然后把它变成生活的中心，比如只拉二胡，或者只看游记。

做减法，尝试去拉筋、双盘、打坐、冥想、放空自己。别说"不行"，一点一点来，反正有的是时间。我一个月前，别说盘腿了，屈膝都难，每天盘一会儿，眼睁睁从十几秒到现在的25分钟。给我按摩的师傅说我还是胖，筋硬，让我先练习大象坐，然后再练双盘打坐。我现在看书看电影就顺道练着，疼就收，不疼就继续，只求双盘打坐，那样后背自然拔直，调整呼吸，对肩背痛、驼背和冥想记忆都有好处。

我一个月前也郁闷，看书、看碟、听歌、吉他、尤克里、锻炼身体、拉筋……结果发现我的生活更忙碌了，啥都没干好。所以我的生活做了减法后变成——读书，跑步，哑铃，拉筋，做饭，玩猫，睡觉。

一天中的所有时间，只做这七件事情，当然还有洗漱拉屎和老婆聊天啥的。周六日更简单，只和老婆待着——待着可以做好多事，买菜做饭下馆子看电影……但核心只有一件事：和老婆待着。

综上，要做减法！你因为上班，每天被迫要在生命中划出很多分枝，乱了心境，你自己好好静一下，把分枝剪短一些。比如，上班看到啥，那和你有关吗？中午吃了啥、想起啥，那和你今天必须做的有关吗？不要让一切事物都藕断丝连。

无意教导，你也别抵触，无换位思考，谁也换不了谁，病不病的，你自己知道就可以了，我只是介绍我的一点没钱入账的优哉生活。哈哈哈。

治病归治病，那是每个人和医生的事情。可最终还是靠自己。在你还能控制你自己的时候，耗掉自己多余的冲动，慢慢来，会好起来的。你在我旁边嘟嘟囔囔这么多年了，我看好你哦。

雷不辣：

亲爱的胖胖，看了你的日记，特别想跟你说，我们还是一直关心着你，也会陪着你，有时候没有跟你说太多是因为怕说了不恰当的话刺激到你。希望你继续分享这些，配合医生治疗，需要的时候，我们都在的。

我才发现，原来平时看上去那么坚强乐观的人，也会得抑郁症。我看了很多有关科学的书和视频之后才知道，这就和抵抗力再好的人也会感冒一样，只是有些人感冒喝水就好了，有些人发展成了重度肺炎。谁也不能保证自己不感冒。这跟个性无关，也不是什么"想不通"。

我大学的一个姐妹也有抑郁症，但作为她很亲近的人，我们直到上个月才发现。我也一直在想，能帮她些什么，所以把你的医生的名字告诉了她老公。我也开始看相关的资料。你发给我的视频和文字，我都认真看完啦。我现在在做的就是在她愿意的情况下多跟她见见面、聊聊天。

Karen：

胖胖，谢谢你的文字，我真是没感觉出来你抑郁了。希望你快点好起来。多分享一点经验。我想说抱抱你，不知道会不会太腻？

我在上海有个朋友，关系不算浅，她也是几个月前发作了，完全不发微博不说话，不愿意挪动，把自己的手抠得稀烂，失禁，可是她还没有开始积极治疗。她要是没有什么意愿走出来，怎么办？我离她太远，感觉很无力。要么我买本书寄给她？不知道她会不会看。

我现在能体会到别人对她的不理解，她的家人不觉得她有病，总觉得她是"作"。她自己不愿意出来，不愿意动，就一直坐在那儿，抠自己的手，皮都抠烂了。她内心很自卑，觉得对不起女儿，连累了老公。她老公和身边朋友不认为这是病，她自己就觉得是胡乱想想出来的，可能她自己都不接受这个病。

鹤鸣山人：

我可以帮你咨询到找谁最权威。我发了一张旧照在朋友圈，是我们的合影。你说的那些可能致病的理由，在你身上也许都不是理由，你的特立独行不可用常规的刻尺衡量。

找病因不重要也不急迫。回到了面对、正视病情，说明你又回到了你自己。一段弯路罢了。

你的经历对于你这个个体而言或许还不够丰富，因为你的容量较大、也许是一贯的柔韧度让你感到有点触及极限，实际是你比原来更有韧度了。

你走的就不是一条坦途，你收获的也不是寻常女子可能的收成，你怎么可能只付出寻常女子的小伤悲呢？

我们平日交流不多，但这不妨碍我对你的价值的认识，也不能改变我对你的欣赏和自然的关心。走过一定会留下……

你安好，关爱你的人才会安心。

莲姐：

蒋术，你好！不知道你在生活中遭遇了什么，让你陷入了抑郁当中。我印象中的你一直是聪明智慧、开心快乐、积极向上的，跟抑郁不沾一点边。没想到这抑郁就像感冒发烧，谁都会得上。

我在今年二月份也深深地陷入到了抑郁当中，自虐，自残，想自杀，如果不是因为孩子太小，我可能已经不在这个世界上了！

我去心理医生那里咨询了5个小时，花了6000块钱，可是我觉得一点作用也没有。后来在周围朋友的推荐下，我开始看一些跟佛教有关的东西，并开始念诵经文，觉得情绪平抚了好多，虽然到现在为止我还是经常以泪洗面，还是有好多负面的想法，但比以前好很多，让我们一起努力，战胜抑郁！

慢慢来吧，每个人的生命中都会遇到想不到的坎，只要自己不倒下来，就一定能跨过去的，我现在也在艰难的跨越当中，让我们共勉！除此之外没有更好的解决办法！

我觉得我的症状比你的还严重，因为我每天除了自虐还特别想死，想自杀，老想着以什么样的方式去死，是跳楼，还是像欢欢一样烧炭，还是触电，还是远走高飞死在异地。每天都沉浸在这些念头的幻想里，很可怕。

你说的那些症状，有的我也经历过，比如说喘不上气，还有我每天都要痛哭上一段，如果不流眼泪，我这胸简直就像爆炸了一样憋闷，我还吐过好多次的血……每次给别人说的时候，几乎没有一个人能够理解我，或者说一些打动不了我、不痛不痒的话，所以慢慢地我就不给别人说了。

不急。和病痛相处，是我们和痛苦的缘分，也是我们的修行。

说实在的，我就是因为孩子太小，觉得她可怜，不然我真的没有活下去的欲望，对于我来说，活着就是痛苦和受罪。

周围的朋友也总是常常问我："你怎么样了？好一些了没有？"我都对他们说"好多了"，其实我心里面知道，没好多少。但是我觉得没有人理解我，所以我也没必要把自己的痛苦悲哀展现在别人面前。

我也失去了一些朋友，因为他们觉得我每天都是负能量，我也慢慢地开始远离所有的人，因为我不愿意让别人觉得我是负能量，不愿意让别人觉得我是个负担和包袱或者我会影响到他们的情绪，让他们也不快乐。所以慢慢地就变得孤独了，就剩自己一个人了。朋友有时候关心地问我，我也都说"挺好的，没事"。

找回自己，那些成就、事业、朋友，自然就能慢慢找回来了。

在抑郁的这些日子里，我已经很少关注女儿，甚至挺忽略她的，跟她也很少交流。以前那种快乐，离我远去了，彩色的衣服我也都收起来了，几乎每天都穿着黑衣服，就像我的心情一样。所有的一切，没有人和我一起扛，只是我一个人。

我现在还是一天到晚穿着黑衣服，周围的朋友都说我，因为以前我最喜欢穿的是粉红色的衣服，现在看到粉红色、红色等鲜艳的颜色就难受。自己都会很排斥这些鲜艳的颜色。

2014年9月2日

欢醉

　　昨天 H 在酒吧喝醉了，恰好他旁边还有些我的熟人，他们给我打电话，让我去酒吧接他。露露在电话里"告状"说："他从凳子上摔下来，然后砸我。"我第一反应是笑。

　　醉态可爱，只怕日后再也没有多少机会可爱，也再不愿不敢可爱了。

　　所谓欢场……

　　到了这个年纪，每一个字说的都不只是此刻，每个眼神都不只有一个含义，每次触摸都包含过去，每次亲吻，都不只是单纯的爱。将来越是往中年走，就越会如此。在那些歇斯底里的自娱自乐里，都没有了现在，只有前尘。

　　人声鼎沸的酒吧，我找不到他。我讨厌一个人身处陌生的酒吧，所有的不安全感都被点燃。有人拉着我在沙发上坐下，给我倒上了酒，甚至摆开了要和我喝酒聊天的架势。我面色阴沉，抄起桌上的酒杯，最后一口酒被我含在嘴里，原准备全部吐到对方脸上。思索了一秒钟，还是把一大口酒"咕咚"咽了下去。

我掉头离开。有人追出来拽住我。这一刻，我听到自己嘶吼的声音，甚至震到了自己的耳朵："不许碰我！"

我在那一瞬间动用了所有的防备心，可是我一转身，就看到了朋友在路边哭，小小地缩成一团，坐在马路牙子上。因为穿着一身黑衣，在暗夜里就更加显得小，小得融到夜色里去了。

我抱住他的脑袋，无从抚慰。当时我的心里是空的，特别空。他所有的醉话，我都没有听进去，字字句句都落在了这个世界以外的地方。不忍卒听。

然后他开始大哭，哭那些我早已听说过的故事……成年人的世界里没有新鲜事，连悲哀和泪水，都是旧的。我想轻声安慰说："我懂。"但是我把话咽了回去。我相信，心底一定有那么一个部分是即便酒醉也会咬住不说出来的。那一部分是我不懂的，而那一部分，才是所有泪水的来处。

大多数人之于彼此，都是如此。

他哭了多久我也不知道，哭醒了闹着不回家，还要继续喝酒，继续玩。

是啊。为什么不能继续？世上不可能有一个树洞，能甩下所有的愁结。不过是趁着今朝有酒，为何不醉？那一刻的悲哀，不是他独有的。我也有。

巷子里的穿堂风，吹得我四肢冰凉。外套脱下给他穿上，他依然瑟瑟发抖，浑身筛糠似的，我只能把他的衣领一紧再紧，再也没有任何可以借以温暖的了。

真的是念念不忘、必有回响吗？大多数时候，是念念不忘终须忘。总有一天，我也会忘记当下的人，而且那一天不会太远。

走到路口，打到了一辆车。上车前我搜了一遍他身上的口袋：手机、钱包、钥匙、充电器都在。我把他塞进了车里。在家门口他掏钱包，把它塞在了衣兜的最里层，他嘟囔着："我看钱看得可重了。"呵呵，我也是。

这就是我们这个年龄的狂欢，任性到极致，也谈不上恣意。

他嘟囔着"我要出去玩，我没玩够"，我忍不住笑了。除了这方屋檐，还有何处可安然栖身？

终究是酒未浓，爱未满，屋未暖；

终究是歌未央，梦未竟，情未了……

片刻的欢愉，如何能够，如何能"够"？

善后工作的最后一项是我问他："自己看看，确定一下闹钟上好了吗？明天早点去上班。"

　　"出门之前，我就上好闹钟了。不会耽误。我的充电器呢？"——明明是醉了，可是字字句句却说得那么清楚。我忽然被弄得有些难过了——其实，人生真的没有多少机会，可以这样任由哭笑了啊！要上好明早的闹钟，要记得给手机充电，哪里还有什么舞台，可以任你欢唱悲歌？

　　醉不能同其乐，醒不能述以文。

　　关上门，我拎着大包和电脑，独自走在回家的路上，给那些欢场中的朋友们各回复了一条："到家了，没事了。"这才真真切切地感到了彻骨的寒冷。借酒装疯的事情，我从没干过。有时候我会恨自己，脑子里永远一本账，就算翻错，也从来不是因为故意。

　　那一刻，我多么羡慕他。我从来不敢在外面这样喝酒。我的人生是不允许有戏码的，我用咬紧牙关的理智来自我溺毙，以求护自己片刻安好。

　　我羡慕他，羡慕这场欢醉，羡慕每一个这种场合里的每一个的"他"。苍茫人世，就只剩这一点点暖印了。

　　哪怕，踪迹也已渐无。

2014年9月3日
每个人的心里都开着花，我呢

　　记得曾经去西藏，看到一个女人在转经叩头求来世。我问她："你来世想做什么呢？"她说要做个男人，而我只求来世不要做人了。海底的一块石头，沙漠里的一株红柳，或者做一头猪，一只最不特立独行的猪，像天下所有的猪一样，守着猪圈，吃了睡，睡了吃，被人杀了高高兴兴吃肉，也是不错的。

　　自小就不是个乐观的人，记得老蔡曾经有一次专程来北京，跟我说她和男友的事情，我说："总之，今时今日说要宠你爱你呵护你一辈子的是这个人，明朝背叛你冷落伤害你的，亦是同一个人。"说得她一脸愕然。我觉得我真是残忍。

　　那天回去之后，我写了一个座右铭，上书：你少说两句会死啊。

　　我的墓碑上将来要刻着：这是一个少说两句就死了的人。

　　保卫处新来了一个阿姨。她一会儿出现在一楼，一会儿出现在七楼。她自从知道了我的名字之后，一看到我就开启点赞模式："啊呀，我最爱听你的节目啦……"一次，两次，三次……于是我每次出入，都要羞涩客气地对她报以微笑。一次，两次，三次……笑到我几乎要开启"谢耳朵"模式了。

我厌烦和人打招呼、微笑，这需要我从身体里拔出好多力气。

有一段时间我烦死了出租车司机，没给他们好脸色看，谁跟我说话我都烦躁生气，丝毫不想搭理，内心独白："你能不能闭嘴，我实在不想开口说话。"可是每次下车用微信或支付宝付费时，我又会偷偷多支付两三块钱，算是为我一路上的臭脸作歉疚补偿。

生病以来，我变得尤其敏感和柔软，看到谁都会多体谅，都会觉得对方特别不容易。或许，这也是抑郁症的好处之一？

今天看到一篇文章中引用了《士兵突击》里史今离开时对许三多说的那句话："三多啊，每个人心里都开着花呢，一朵一朵多漂亮啊……"这句话突然让我想念起北京了，想着想着，竟然还哭了。

我想念北京的我，那时候的我还没有得病，那时候的我还没有如此不自信，那时候我觉得每天上班是一件很快乐的事情。我想念中央台的我，话筒前的我，夜间部的我，同事眼里的我，四处租房流浪的我，满北京找好吃的我，成天想着看演出的我……那个我呢？是什么时候就忽然不见的？不告而别。

如今，我的心里开着花吗？大街上每个人的心里都开着花吗？突然心里生疼。没有了史今的三多疼了有多久？

2014年9月4日
抑郁的"馈赠"

今天听到同事在吐槽一个实习生，这个做不好那个做不好，打他电话总是打不通等等，都说他是耍小聪明，但是只有我知道，他可能是因为有抑郁症。也许是这些导致了他无法正常工作。他曾经私下找过我，告诉我他是一个同性恋，这导致他慢慢自卑，现在每天都要睡很久很久，晕晕的，什么也不想做，不想工作不想上课，但是他又为自己的懒惰而感到自责。

说实话，除了劝他去看医生，我帮不了他什么。

他才上大二，以后大概还会遇到很多迷茫的时候吧？我其实不相信苦难会让人成长，我觉得那只不过是一种漂亮的自我安慰罢了。苦难不仅不会让人成长，反而还会让人变得更寒冷，更坚硬，更不愿相信。那种所谓的"成长"，只不过是你觉得他更有钱了，更不在乎被伤害了，可我并不渴望和认同这样的成长。

都说成长是要付出代价的。

不过，也许忘了告诉你：不成长也要付出代价啊。

今天看到一条新闻，是说某地有个人砍杀了幼儿园的孩子，媒体在报道中特别用了个标题《家属曝砍人者有抑郁症》，我忽然感到特别愤怒。

记者确定知道这个犯罪嫌疑人有抑郁症吗？不过只是听家属这么一说而已。就算有，他确定抑郁症和他砍人的行为之间就有必然联系吗？为什么要特别强调他有抑郁症？为什么不说《家属曝砍人者有重感冒》？还不就是因为他们想当然地觉得抑郁症就是精神有病，得了抑郁症就会去伤害别人。可大多数抑郁症患者是根本不会伤害他人的啊！

我今天忽然理解了医生的愤怒，临时工的愤怒，其他精神病患者的愤怒……因为这些贴了标签的，没头没尾、没细节、没确证的报道。

愤怒也许充满快感，但是代价不菲。它容易让人落入姿态的窠臼，继而滋生出狂妄。

或许是这股子愤怒使然，我今天严厉批评了"梁二货"。她的气象节目今天被她上单起名为《你麻痹的》。吓得主持人不敢点，以为是上错了单。事后我问她为什么要起一个这样的名字，她说因为她的气象节目被肛肠医院冠名了，她觉得很恶心，不想做。

换做是以前的我也会有同样的感觉。那些什么男科医院、性病医院、皮肤病医院的广告，我都觉得好恶心。可是现在却完全变了，我觉得这不都是疾病嘛，病哪里还分什么高低贵贱，不都是身体的某个机能出了故障嘛。肛肠病人有什么见不得人的吗？为什么要觉得他们恶心？甚至现在人们都不断地呼吁不能歧视艾滋病人，那么其他疾病的病人就更加不应该被歧视了。

　　我知道我其实根本不是在为肛肠病病人打抱不平，我就是因为自己那根神经被触动了。因为某一种病导致的被误解、歧视的感觉，我懂。

　　所以我用严厉的语气问"梁二货"："如果这个换做胃病广告、心脑血管疾病广告，你是不是就没有这个情绪了？就因为这个是肛肠病广告，你就生气、嫌弃了。你没有肛肠吗？五脏六腑、人体器官难道还分高低贵贱的吗？！"

　　一贯嘻嘻哈哈的"梁二货"大概没有见过我如此严肃地说话，她不敢回答我，嘟嘟囔囔说："反正我就是不喜欢这个广告，就是不高兴播。"直到晚上快半夜了，我收到她的短信，说："我错了，不能拿节目撒气。"瞧瞧，到最后其实还是有怨气，还是不愿意播肛肠医院的广告，只是反省过来觉得不该撒气到节目里而已。

　　也许，这是抑郁症带给我的另一个好处吧，让我更加有同理心，不会歧视任何一个病人，不会轻易嫌弃任何一种缺陷。

　　抑郁之于人类，到底是诅咒，还是馈赠？

2014年9月7日
无处安放的歉意

打车。

女司机开着开着说："哎呀，糟糕，我又走错路了。你一会儿少给几块钱吧，我刚刚开车一个月，大晚上的，我不太认识路，我这个月都被扣过两次分了。"

我不太想说话，懒懒地应着："嗯。"

下车时打表13元，我给了她10块钱，她居然还找给我4块，我无意识地顺手接过钱就下车了。

等我反应过来，忽然觉得好抱歉，好抱歉。一个新手女司机，不过是绕了一点点路，可是居然只收了我起步价。她一个女人，做夜班司机多不容易啊。

大概是因为我态度冰冷，她担心我会生气，会投诉吧？我也没有留存小票，不记得她的车牌号了。这笔钱，是无法还给她了。唉！

最近常常觉得很多事情"无处道歉"。想起了曾经有个孩子，在埃及旅游的时候，刻了一个"到此一游"，道歉之后依然被骂。"如果道歉有用，要警察干什么？"——这句话从《流星花园》开始，就红了。

是啊，道歉有什么用呢？道歉也挽不回伤害，也无法抹去说出口的话。

可是，道歉真的有用啊。道歉是反躬自省，是彼此放过。正因为道歉有用，我们才需要在自己做错的时候站出来表示歉意，才需要在别人做错事的时候要求解释。

最近，我总在想着道歉。可是如果一句"我错了，对不起"，换来的是"道歉有个屁用啊"，那我们究竟要如何才能彼此和解？

2014年9月10日
每一条路，都是为了成长为更好的自己

　　都说山水总有相逢的时候。但是自从生病后，山不转水也不转了。

　　Tiffany 生病住院了。出院时，她写了一篇日记，发在朋友圈里，大意是：我的病不需要通知和连累其他的人，因为每个人都是对自己的个体生命负责……而我看到大雷的留言是："你也要每天在朋友圈里晒药、晒检查单啊，现在朋友圈里不是流行这样低劣的戏码吗？"

　　我知道大雷在说我，但是我不太明白这番话为什么要发在朋友圈里，却不直接发给我呢？很明显，不是说给我听的。实际内核是："看！我都洞悉了，让我来戳穿你、指导你。并且我要展示这个全过程，以此来证明我的睿智和洞若观火。"

　　大概是她的人生找不到别的地方可以快意和展示了吧？

　　"人如三节草，不知哪节好。"

　　其实自从确诊以来，我就害怕被人知道我得了抑郁症，因为我知道自己不会被理解。我始终觉得，抑郁症患者和健康人，根

本就是在两个世界。我从未奢求过被人心疼和了解、希望被全世界理解，果真如此的话，只能说明我太不理解世界了。

今天看了一篇文章《有些人你永远不必恨》，作者的爸爸吸毒，败光了所有的钱，然后离婚了。她跟着妈妈长大，听够了全家人说"你爸爸是个混蛋"之类的坏话，也亲眼看见了离婚后的爸爸是多么的潦倒不堪。

作者说："爸爸也从来都没有管过我们。他没有养育过我，没有给过我一个完整的、正常的家庭，没有让我体会过什么叫父爱，他毁了我的童年，他还毁了我的爱情观，让我缺乏安全感。……可我还是选择原谅，因为未来路很长，我不能背尸行万里，我得有自己的生活。"

"可我还是选择原谅，因为未来路很长，我不能背尸行万里。"遇见别人在做有益无害的事情的时候，能帮助就帮助，不能帮助，也不要做别人的苦寒，这总是可以做到。尽管说，"梅花香自苦寒来"。

得病期间，深深地重新体会到了"理解"二字的艰难和重要，也重新审视了身边的朋友、亲人的温度和爱。想起急诊室超人于莺说："你要问我有没有遇到过错误的人吗？没有。没有什么是错的，每一个人，每一条路，都是为了成长为更好的自己。"

原是些答杖徒流，都做了风花雪月。

2014年9月26日
当心灵说话的时候，请理智后退一步

边晒衣服，边听我的男神蒋昌建演讲。花痴顿时发作，他唱歌居然唱得超好耶。（唱的是《抓泥鳅》）

我一边听他搞笑的演讲，一边心里暗想："他这种人肯定不会得抑郁症吧？"我果然是"乌鸦嘴"，紧接着他就开始讲自己的抑郁症经历了。他在某一天写着写着论文时，忽然发现心脏似乎被大石头压住了，呼吸困难，简直就像马上要死掉了一般。之后，他不能上课，不能参加演讲，只能靠着大剂量药物来维持基本生活。尤其是每天吃饭的时候，他不能和家人坐在同一张桌子上，只能自己一个人端着碗，默默地躲在卧室的电视柜旁边吃。

我很意外，蒋昌建居然也得过抑郁症。

他说他跟心理医生打赌"我半年内一定能停药"，结果每次停药都失败了。而他最终敢于走出家门，是因为银行通知他："你的账户出问题了。"他纠结N久，决定："我一辈子的积蓄啊，不行，老子死也要死在银行柜台前。"于是出门去银行了。从此克服了心理问题，停药康复了。

　　钱，果然乃一剂良药，有明目张胆之功效，男神也不例外哈。——这么说是玩笑啦。蒋昌建最后很认真地说："虽然药物有用，但是要治愈最重要的是靠自己的心理调试。我的心理医生说我太爱惜羽毛了。我曾经一直觉得自己非常重要，可是现在我慢慢觉得，我其实哪儿有那么重要啊。我太看重自己了。"

　　睿智如蒋昌建，也会陷入人生无法自拔的时刻。我突然觉得我获得了一种心理平衡。虽然我知道抑郁症不会放过任何一种类型的人，但是这只是理论上的"知道"，只有当活生生看到身边真的有乐观、睿智的人得了抑郁症，我才能真正释然一些。

　　所以我好讨厌某些同性恋假装异性恋。我觉得同性恋明星都应该出柜，虽然理论上大家都知道同性恋不是犯罪，但只有当明星、官员同性恋者都敢大胆站出来承认自我时，同性恋才会真正地逐渐被更多的人知道、认可，才能逐渐地消解整个社会对同性恋的歧视和压力。

　　今天和"鞋带子"聊关于生养孩子的话题，我总是笑她是一个"紧张妈妈"，时时刻刻在担心孩子三观不正、童年会有阴影。记得她的孩子周岁时，我去参加孩子的抓周 party，顺手拿了一颗糖给孩子舔了一下。"鞋带子"立刻生气地说："不要给他吃任何有味道的东西！孩子一岁之内不能吃任何盐糖类的调味剂的。否则……"

吓得我赶紧缩回了手，觉得自己做了一件特别严重的错事，以至于后来很长一段时间，我都不敢碰她的宝宝。

所以，我对于很多父母说"我只要我的孩子健康快乐就好"这句话，是一万个不相信的。而且，孩子必然会有不健康、不快乐的时候，怎么办？比如，抽烟、喝酒、哭泣、崩溃、自伤自闭……父母怎么办？如何去接纳一个不快乐的人，是对爱和智慧的真正考验。

今天看到一个故事，说有一个小男孩，很晚才回家，妈妈问他做什么去了。他说他今天去安慰了隔壁家刚刚丧偶的老爷爷。妈妈很惊讶，问他是怎么安慰爷爷的。

小男孩说："我骑车路过老爷爷家，看见他自己一个人坐在院子里哭，我于是把车子放在一边，爬上老爷爷的膝盖，跟他一起哭。"

其实我们每个人生来都是天生的治疗师。只是我们在慢慢长大的过程中，学习到这样那样的道理，有了这样那样的价值观。在我们每每要感受情绪的时候，大脑便跳出来，指手画脚说："你这样想是不对的，你那样想是消极的，你看你拥有这么多东西，你看你有那么多人关心你，你不该再难过了。"

　　于是我们就生生地给别人或自己，加上了一条罪名：你不该
难过这么久，你该快快好起来。

　　电影海报里大大地印着一句：听过了很多道理，依然过不好
这一生。

2014年9月29日

给情绪一个出口

　　这两天在医院，因为是在小儿科，所以我有机会观察那些孩子。我发现小孩打针很有趣。他们一边哭喊着"我不打，我不打……"，一边跟随着父母走到注射室，半推半就地乖乖伸出胳膊，挨上一针。

　　真正使出全身的力气去挣扎抗拒的孩子很少。有个别孩子很淡定，完全不哭，还一直盯着针头扎进去。

　　所以我想，他们号啕哭喊，可能并不是真的要抗拒打针。即便是孩子也有理智，知道这一针是逃不掉的，但是他们需要通过哭喊来发泄恐惧。

　　孩子哭喊的姿态很难看，鼻涕眼泪挂一身，身体扭成各种XYZ形状，遍地打滚。但是我却觉得这样挺好：一方面他们排解了内心恐惧，一方面又完成了打针任务。

　　我们大人有时候太在意姿态了，以致要么压抑恐惧，要么逃避治疗。

还有一个扎疳积（对了，你们知道什么叫作"扎疳积"吗？）的小孩好好笑。妈妈带着姐弟俩去，其实只有姐姐要扎，但弟弟在旁边哭得好投入，坐在板凳上，闭着眼，仰头张大嘴，号啕。

护士在一旁拍着弟弟的背，一边安抚一边笑："嘿，你停一下好吗？"

弟弟停住了，扭头看看姐姐，看见姐姐还在被针扎，就继续仰天大哭。其实这跟他有什么关系啊，又没扎他。

姐弟俩的呼喊声气贯长虹。姐姐哭或许还因为疼痛，而弟弟哭喊纯粹就是因为恐惧了。

孩子的恐惧通过哭泣来宣泄，成年人的恐惧通过什么呢？

曾经看见友人的签名是："不能低头，王冠会掉；不许哭泣，敌人会笑。"

其实，我们真的有王冠和敌人么？

2014年10月8日
释梦（一）：寻找自我

最近闪爷说自己在跟着一位心理学老师学解梦，满世界找"梦源"。于是，我就把自己的梦奉献了出来：

我一直梦见自己在一个房子里，有时候是我小时候住的楼房，有时候是某酒店，有时候是现在的家。但每次一定是楼房，而且一定是我曾经住过的房子。

窗帘总是拉起来的，看不见外面。我和朋友坐在屋子里聊天。忽然就听见外面风声大作，兵荒马乱。拉开窗帘往外看，四周所有的房子都垮塌了，像经历了龙卷风或地震，只有我自己所处的楼房还挺在那里，但是也摇摇欲坠。我非常恐慌，生怕自己的房子也垮了，所以立即关紧窗户。可是我依然束手无策。

这个梦的结局就是要么我在恐慌中被吓醒，要么最后房子已经垮了，我被压在废墟下，但毫发无伤。我很轻松地把压在身上的砖石推开，自己爬出来了。

闪爷至少花了两个小时，把梦里的细节都问了个遍。最后他给出了如下解读。

恭喜你。总体上来说，这是一个"偏好"的梦。因为这是一个以"成长"为主题的梦，但是"成长得不够"。

人的世界，是由自身和他人的关系构成的。"外面的楼"，象征着你生命中最主要的人。这些人的智慧或者爱照亮了你的人生。一下子没"灯塔"了，失去了方向，象征人际的楼群会坍塌。

"龙卷风"是人类与生俱来的意象原型，它往往象征着破坏性的变革和巨大的感情波澜。所有房子的倒塌意味着你熟悉的人际环境的失去。而梦里的你的朋友，其实都是你自己心灵的化现，是你的其他的子人格。面对这样的变革，你既没勇气也没办法，所以就选择"禁闭心灵之窗"，试图安住在原来的环境中。

但这是不可能的。旧的楼群（人际关系）倒塌了，你本应打开门走出去建设新楼群；但你试图躲闪，结果自己的楼（自我）也倒塌了。你没了自我。现在这个梦，是在一再地告诉你，你从上次人际关系"坍塌"以后，没有建立起新的关系。

你的心灵需要有个房子，你需要确立一个强大的、不是很依赖他人的自我。你要重视内心的这个需求。埋头工作、一味逃避是不能确立自我的。

你要努力。

我觉得他说得很有道理，而且让我觉得很释然，像是有个人忽然点破了心里最迷乱的部分。我以为解完了就完了，但是没想到闪爷说还有"修补解决方案"。

他让我每天躺下后，放松自己，想象从头到脚麻酥酥的；放松以后就想象自己沿着一条路，看到有栋房子，仔细观察，里里外外凡是有觉得不满意的，就改造它。换个新窗户。栏杆旧了就再刷漆。一直改造到自己满意为止。这次改造好的，也许下次又变回去甚至更破，没关系，重新再来。坚持几个月，整个身心都会发生巨大的变化。

有个原则，室内改造一定要亮堂，而且要有很多朋友来帮忙。当有一天我发现房子不需要修补了，房子很明亮、很漂亮、很舒服的时候，就会发现在现实生活中的自信心也增强了，朋友也会增多，高兴的事情也会多。

真的会如此吗？

我将信将疑。但是我却忽然觉得"解梦"这件事，像是用一种另类的方式来解心结，或者戳穿心灵的窗户纸。要是有人跟我说"蒋术，你很自卑哦，你要自信起来，要相信你的将来会很明亮漂亮"，我肯定不大愿意听，觉得这简直是成功学的培训话术。可是同样的意思换成解梦的形式说出来，我就会觉得颇为受用。

而且我逐渐开始相信"心理暗示"这回事。

　　我以前总是觉得悲观主义者会更好，因为凡事都已经想到了最坏的层面，做好了最坏的打算，等将来坏事真的发生时，就不至于赤手空拳地惊慌。

　　现在我要换一个思路了，也许我多跟自己说："你要相信好事儿会发生哦，你会更好哦。"世界就真的会明亮起来。突然也想介绍其他抑郁的朋友去试试解梦这个方式。心理学不是也有专门解梦的学科吗？弗洛伊德就是鼻祖吧？总之，我觉得这个方式或者心理暗示，还是挺有效的。

2014年10月19日

释梦（二）：接纳自我

今天我又去找闪爷来给我解梦了。

这个梦我经常做，但我能清楚地记得梦境的只有两次。一次是我带着弟弟和我小舅妈，在一个山路上走，怎么走都走不出来，困在山里，就像被"鬼打墙"了一样。山路很窄、很泥泞，很多路像滑梯。山很小，不是莽莽森林，是南方常见的小山。我说："一定能走出去。"但是转来转去满身泥土，就是始终在爬山，找不到终点。不过我很乐观坚定，觉得一定能找到的。

另外，爬山的时候，我总觉得有时间限制，好像要赶在某个时间点出去，生怕到点了出不去。

还有一次我带着两个同学，在人民大学的校园里。也是迷路了，走不出学校。道路泥泞狭窄，我好像也在赶时间，但我说："不行了，我累惨了，最后那两道墙我翻不过去了。算啦算啦，我懒得爬啦，累死啦！"

闪爷对这个梦是这样解的，他提醒我四点——

1. 工作不要太拼命，要注意适当休息。

2. 接下来还是要保持斗志，要有信心。

3. 给自己的目标要明确、清晰。

4. 如果正在考虑换个"职业"，不妨仔细考虑一下。

他说，人最重要的是要想着"高兴、明亮"这种感觉。经常观想，把这种高兴明亮的感觉固定成自己的人生背景色，你就牛了。

神奇的是，我是昨天晚上睡前对闪爷说的这个梦，说完我就睡着了，睡着之后，我居然延续着这个梦的话题，又做了一个新的梦：

梦的开头和以前一样，又是狼奔豕突，找不到地方，又是泥路，但是这次山的坡度很缓。然后我竟然终于找到出口了！

原来我出来的目的是要和大部队会合——我大学的班级——在操场上，办开学典礼。

结果我居然就死了。我的灵魂还在班级队伍里，还能和同学们互相对话。一个大学时期最漂亮最聪明的女孩走过来对我说："你怎么才来啊，快点儿排好队，开学典礼要开始了。"

于是，我站到了队尾，站在我旁边的是小学时期的一个最笨最难看的同学。她把我带到一块四四方方的小坟墓旁边，指着坟墓对我说：""看！这是你的坟墓。""

坟墓上长满了巨大的蘑菇，准确地说是大松茸。我很好奇怎么会有这么多大松茸，于是伸手去拔，同学制止我，让我不要拔，我便收回了手。然后这个同学带着我去找宿舍。哇！那个宿舍美得呀，完全就是人间仙境。虽然房子有点简陋，但是宿舍周围是郁郁葱葱的花园。绿树成荫，还有小溪、花、山。特别美的自然景色，色彩丰富。整体景色和莫奈笔下的""花园""一模一样。

我兴奋地给我妈打电话：""我们学校有多美，你知道吗？""

陪我去找宿舍的那个同学很奇怪，我至少有15年没有见过她，以前和我关系也很一般。但是她当年在我们班是一个很有特色的学生。她的身材有点儿畸形地矮胖，智力似乎也略低于常人，成绩很差，被人嘲笑。我小时候不怎么喜欢她，因为她老是脏脏的，而且成绩很差。都说""日有所思，夜有所梦""，但是我在这十几年的时间里，都从来没有想起过、见到过她，她怎么会忽然闯入我的梦里呢？

闪爷是央视的制片人，晚上几乎要弄到两三点才能睡觉，结果今天整整一个上午，他都在帮我解梦，而且把他自己都解得好兴奋，因为他觉得这个梦可以帮助我成长，而帮助别人成长是多么有成就感的一件事情啊。

他的解读是这样的——

这个梦关注的对象是你的人格。梦的主题是"接纳与成长"。你的死，象征着重生。重生以后出现的小学时的同学，就是你自己，她是被你久久压抑的另一面。她的重新出现，意味着你的心房有点儿打开了，能够正视自己不够理想，或者不够满意的那个部分。你要知道，人都有 A 面 B 面 SB 面，有的面光鲜，有的面丑陋，但是离了任何一面都不行。今天她能带着你看房子，说明你对自己的接纳已经开始。房子开始变漂亮了，说明你的自我觉知慢慢在恢复，你的心里比原来亮堂了，压力释放了一些，垃圾少了。

这些垃圾，有一部分是来自你的分离焦虑。由于人际关系圈的不和谐而导致的自卑，今天已经被埋葬了。墓地上还长出了松茸，意味着这是"胜利美丽"的告别。她让你别摘，是心灵在告诉你，别留恋。

这一部分垃圾去除了，更深层的垃圾才浮现出来，需要你用"接纳、包容"，用自己的爱来消除。

深层的垃圾，就是你对自己的不接纳、不满意。这么多年来，你压抑她，忽视她，不承认她。你似乎觉得轻松，但你会觉得这是一种不完整的轻松。人都是不完美的——但正是因为"不完美"，才造就了我们"独一无二的完美"。

当你真正接纳了你的"小学同学"时，你就会获得真正的成长。下次睡前，或者梦中再遇见她的时候，你试着轻轻拥抱她，告诉她："谢谢你这么多年的陪伴，我爱你。"

这需要你慢慢来。消除自卑、接纳自我的过程，其实也是发现自我的过程，当然需要一点时间。

无论解梦这件事情是否科学，也无论闪爷解得是否准确精妙，我都觉得他让我豁达了很多，真的是很多很多很多。因为这一年来我最大的心理变化，就是从不断地逼迫自己，变成学会接纳自己。这是我人生中第一次给自己上的"接纳"这一课，它让我的整个三观都被刷了一遍。

这段时间里，我最大的改变，就是能接纳更多的生活状态和模式，包括我自己，不随意判断，不妄自嘲笑，不轻言建议。

闪爷和我其实并不算太熟稔，我们只在一起吃过一次火锅，有过短暂的一段业务合作。可是类似这种"接纳自己，消解自卑"的话从他这里用解梦的方式说出来，字字句句都使我很受用。可能这就类似有些人无论身边人怎么劝都不听，但是会深夜打电话去电台找陌生主持人倾诉，听主持人支着劝解。

我以前还一度觉得那些半夜打电话去电台，请主持人指导人

生的人，实在是太傻了。怎么能随便就把自己的人生的重大决定

在几分钟内概括完，并且交给一个陌生主持人去判断呢？

　　现在我想，其实重点不是要去听劝解、求指导的，而是为了

找一个我们信任的对象，点破自己内心那个隐隐的声音和答案。

不是吗？

　　跟自己和解了，就是和世界和解了。

2014年10月21日
有"癖"的生活

前两天看到一篇文章，题目叫作《请尊重一个女孩的努力》，看完后我的感觉是：请尊重一个女孩的努力，但是如果她有好命、有资格不去努力，她愿意做一个清闲懒人，做一些无用的事情，也请尊重一个女孩的不努力。我们这个社会鸡血太多，成功论太盛，需要稀释一下了。

那些为了买iPhone6拼命去打零工的大学生，那些挤公交吃盒饭却非要背着LV的姑娘们，那些攒了一年到头的钱就为了去国外海岛发自拍照的小夫妻，那些辞职背着破烂大包非要骑车上西藏的小伙子，那些买了一堆高冷文学作品死啃，只为了获取一些谈资的年轻人……

请不要嘲笑他们的虚荣和装B。其实他们内心有真正的热爱，有执着地想要得到的东西。他们用各种办法去营造让自己满足的场景，换取内心的愉悦和认可——这有什么不好吗？

有一个带有羞辱意味的词叫作"楼逼"，用于嘲笑那些想伪装格调的屌丝们。可对于大多数人而言，人生的快乐，不就是在于"楼，并装 B 着"吗？把人生所有的把戏都拆穿了，还有什么趣味？经历过行尸走肉之痛的我，倒是越来越觉得如果我们都能如此热情地爱着一只包包，一段旅程，一个品牌，一种姿态，一件小物，并为之努力以求获取，这种生活方式，是多么的热气腾腾、活色生香啊。

2014年10月26日
一生，总要有一刻，可以温柔地唱歌

　　单位组织去北海旅行，我其实之前一直是不想去的，因为人太多，我有点儿惧怕集体活动。但是看到长沙的雾霾，还是去吧。哪怕换个地方睡觉也是好的。

　　由于我的同屋因故没能来北海，我只能一个人睡一间房。窗外海风呼啸，我想起上次来北海的时候，跟着当地渔民要一起出海打鱼，渔民的妻子问我："你没有来例假吧？月经期的女人是不能上船出海的，因为经血属于血光污物，不吉利。"

　　尽管理性上知道这些都不过是迷信而已，但这些又何尝不是一种敬畏呢？我原是无神论者，但是每次去西藏或新疆地区，都会更加觉得要相信神灵，不是因为被气氛所染，而是在自然环境更加恶劣一点的地方，你会觉得人力似乎是不可胜天的，人对天地的恩泽、自然的力量要更依赖。

　　这大概是弱者的好处。因为弱，因为对自身能力的不够信任，因此或许会更多敬畏，以此寻找安全感。比如出海的渔民，惧怕台风海啸，所以要拜妈祖；靠水吃水的人，不敢涸泽而渔；靠山吃山的人，不敢焚林而猎。可是如今人类太强了，弱者的敬畏已经越来越荡然无存。

弱，不一定正确，不一定善良，但弱也有弱的好处，这是我以前从未有过的体验。

独自在北海的偏僻小街上找小卖部，想买一桶方便面，却意外地发现了一间小庙。庙里空无一人，打扫得极其干净，案台上供着净水，沉香木屑焚烧出淡淡香气。在这里，安静是一种力量。我不敢说话，脚步轻盈，似一脚跌进了另一种岁月，恐惊了这肃穆的佛堂。

尽管天气还很热，我却忽然很想喝一碗酥油茶，要热乎乎的；很想听一张企鹅三星，还带花的；很想牵一个人的手，还得是暖的。

从佛堂出来，走到海边，很多孩子在赶海拾贝壳，我忽然哼起了京戏小段："正月里，梅花粉又白。大姑娘房里绣鸳鸯。二月里，迎春花儿头上戴，头上戴。花香勾动了探花郎，探花郎。三月里，桃花映粉腮，情哥哥他夸我，比那鲜花儿香。四月里蔷薇倚墙开，夜半明月照呀照上床……"

这是根据张爱玲《金锁记》改编后的唱段。香艳的词，唱段却是出自格外悲凉的故事。

我想起了有一年爬山，下山的时候膝盖疼，贺老师走在我身后，就给我唱歌，唱的是："桃花来你就红来，杏花来你就白，翻山越岭我寻你来呀，阿个呀呀待……"

一生，总要有这么一刻，可以温柔地唱歌。

第二篇 | 为你的心撑起伞

（青音）

"抑郁"和"抑郁症"有区别吗

拉上窗帘,打开台灯,外面流光飞舞,可是我想把自己困在一片黑暗里,体会那个名叫"抑郁"的东西。我打开蒋术的"抑郁症日记",想为她写点什么……噢不,不是为她,是为了每一个读这些文字的人……嗯……也不是,是为了我自己。好吧,当然,我也有这样的时候,不是得了抑郁症,但是感觉好抑郁。

抑郁的感觉,谁不熟悉呢?你难道能够拍着胸脯说"我从来没有抑郁过"?

情绪低落——那是什么感觉?就是心里闷闷的、懒懒的,仿佛压着一块大石头,觉得没劲、无望,不想笑也讨厌别人笑,身体开始变得迟缓,脑子却停不下来,而所思所想,都好像带着尘土和霉菌的味道。真的是整个人都不好了。

自我谴责——哪些话会反复出现在你心里呢?"我很糟!""我很差!""我怎么这样呢?""我丑懒蠢笨衰,我矮我穷我矬……我一无是处，我，我就不该活！"

这状态当然已经够惨了，你茶饭不思、食不甘味、见花落泪见月伤心，你甚至觉得这世界怎么有这么多骗子、这么多坏人？去他的，这一切都好空虚！

——可是亲爱的，这些都不是抑郁症！

弗洛伊德在《悲伤与抑郁》一文中提道："当你悲伤的时候，你觉得世界是空的；而当你抑郁的时候，你觉得你自己是空的。"

当我们失去了爱的人，或者是他离开了你，你会感到抑郁难过；而抑郁症的感觉是——你是在为自己难过。

时不时地心境低落一下下，对心灵来说，其实是健康的。失去挚爱时的哭泣和悲伤反而是一种保护，而随着时间的推移，这种痛苦会在你学会独立生活的时候渐渐消失；而患抑郁症时的情绪低落是长期的、持久的、没完没了的，而且越来越严重，会让你觉得自己像个怪物。你会出现连自己都无法解释的行为和躯体反应，你觉得自己一定是哪里生病了，但又好像不是。你会在心里不停地问自己："天，我是怎么了？！"然后又不停地在心里责备甚至咒骂自己，你会越来越嫌恶自己……是的，假如你不去看医生，它不可能自己就好了。

所以，我感谢并佩服蒋术。当明显感受到自己已经"不对劲"的时候，她没有选择逃避，没有陷入"我是大主播，我怎么可能有心理问题"的自我催眠里，而是运用简单的常识迅速做出了理智的决定——去看医生！

亲爱的，正在读着这段文字的你，"抑郁"和"抑郁症"真的不是一回事。以下的内容，希望你也能常常与他人分享。

抑郁是心情不好，是一种心境障碍；抑郁症是对生活中的一切丧失了兴趣和基本欲望，是一种精神障碍。因此，抑郁是不高兴，而抑郁症是想高兴但是高兴不起来。打个比方，抑郁是能跑但不想跑，而抑郁症是想跑起来，但无奈骨折了。对，就是这个意思！

抑郁是由一些生活事件所引起的情绪低落，通过自我调节放松或者心理咨询就可以很快做到"心情好"，它是一种"心理亚健康"状态。然而，抑郁症是一种由生理的"不好"而引起的心情的不好，它可能和生活事件有些关系，但也可能没有一点关系；它和感冒、胃病一样是身体出了毛病，但是也表现出了心理疾病的特点，因此它是身心疾病，需要借助药物和心理咨询，甚至需要长时间服药并坚持治疗才行。

吃药，真的！

抑郁症到底是什么样的

　　我是蒋术在中央人民广播电台《中国之声》的第一个同事，也是最后一个：她刚从湖南台来中央人民广播电台时，我跟她同在夜间部；在她辞去《中国之声》的工作回到湖南之前，我跟她同在新媒体部。我跟她是同事，也是闺蜜。失恋时我听她唠叨，帮她一起骂渣男；迷惘时来我家，我给她做好吃的，我们一起搂着靠垫聊那仿佛总也到不了的明天。她是个心细如发的人，平时不管去哪里出差，回来后我的办公桌上总有她不期而至的小礼物。她的节目有很多忠实的粉丝；她的文字带着一股湖南妹子辛辣的香气，狡黠透彻却不至于寒凉；她古灵精怪的个性、不羁的才华、恰到好处的"文艺范儿"，以及善良……我描述了这么多，其实是想说——我确实也没想到这样一个大大咧咧，仿佛什么都看得很开、想得很明白、过得挺自在的她，竟然会得抑郁症。

　　看到蒋术在文章里描述的自责、自怜、自伤、自残、自暴自弃的状态，你可能会说："噢，我还没有发展到像她这样。"是的，抑郁症的表现因人而异，并不是睡不着觉就是抑郁症，也不是一直内疚和自我指责就叫抑郁症。那么，抑郁症的症状是什么样的呢？

1. 对吃饭、性生活等人类最基本的欲望、所有社会活动和人际交往丧失了兴趣，甚至不愿意洗脸、刷牙、洗澡、理发，且这种状态持续了两周以上。

2. 身体突然明显消瘦或体重明显增加，且持续两周以上。

3. 有严重的睡眠障碍。要么是入睡很困难，要么是深夜两三点就醒了，要么就是整夜整夜地没办法入睡，且持续两周以上。

4. 经常感到心烦，耐性变得很差，为一点儿小事就很急躁，且持续两周以上。

5. 思维和行动迟缓、语速减慢，整个人变得很迟钝，且持续两周以上。

6. 虽然一天下来什么也没干，但却经常感到很疲倦；甚至长时间"瘫"在床上，但还是疲倦到不行，严重时甚至无法下地活动，且已持续两周以上。

7. 觉得自己活得没有价值，整天陷入内疚和自责之中，认为自己失败透顶，事事缺乏自信；无论发生什么都觉得是自己的错，甚至有"我是个罪人，我连累了所有人，我对不起全世界，我不该活在这世界上"的强烈的感觉，且已持续两周以上。

8.不能集中注意力，对任何事总是心不在焉，甚至出现读写障碍，盯着书页看半天不知道是什么意思，拿着笔或对着电脑半天写不出一行字，且已持续两周以上。

9.很想伤害自己，有自残自伤的行为，而且不感到疼痛和难过，严重时反复出现自杀的念头，有时候脑袋里会有个声音说"你去死吧，你去死吧"，且已持续两周以上。

"童鞋"，如果以上症状你有一半都符合，啥也别说了，去给医生瞧瞧吧！

迎接抑郁症的第一步

"有病！"——现代人常常用这句话来攻击别人，指的就是那个人精神有问题。可见，"精神有问题"是一件多么令人难以面对的事情啊，尤其是对于一些原本活得挺体面的人而言。

对抑郁症患者来说，接受自己"有病"这件事其实比治疗这个病本身更加困难，有些人会在从家到医院的路上徘徊很久很久……

　　主播 A 小姐，也是我的同事，在2014年夏天时出现很多非常典型的抑郁症症状，病症反反复复，越来越糟糕。渐渐地，她出现了读写障碍：采访回来对着电脑敲不出一行字，认得稿子上的每一个字，但是大脑却一片空白，张不开嘴，念不出声。在她向我诉说了症状之后，我给她推荐了医院和心理专家。一个月过去了，我们的对话是这样的：

　　青："最近怎么样了？"

　　A："还是不大好。"

　　青："大夫怎么说？"

　　A："说我是焦虑型抑郁症。"

　　青："那你开始吃药了吗？"

　　A："开了，没吃，这个不需要吃药吧？！"

　　青："那你去找心理医生聊过了吗？"

　　A："没有，我这是思想上的病，我自己能解决，等我想通了就好了。"

　　青："……"

　　人们通常认为，越是成功的人越容易得抑郁症，这是一个误解。其实抑郁症并不挑人，谁都有可能得抑郁症，这就跟谁都有可能感冒发烧是一个道理。只是对于事业上相对成功的"体面人"而言，打破"自恋"，相信并接受别人所说的话，真的很不容易做到，因为成功者的重要特质之一就是自我教育的能力太强，很多人都是在"相信自己"的强大的内心力量的指引下取得了事业上不凡的成绩的。因此，对于那些在人生的很多方面总是赢家的人而言，承认弱比逞强要难得多，而让成功者"听人劝"则是更加困难的事！可见，抑郁症对成功者而言会变得格外顽固，那是因为成功者自己太顽固了。

可是抑郁症就是这么强悍地来了，它剥下你强大的人格面具，敲碎你为自我价值打造的光环，它将你高高飘扬的自尊心打翻在地，面目狰狞地嘶吼着逼迫你——"你给我诚实一点，别再撑着！"你弱，它也会渐渐弱下来；可是你越强，越觉得自己能行，它就越凶悍地一次次把你打击得一败涂地！抑郁症它太霸道了！

蒋术跑了好几家医院，最终她接受了现实，承认自己病了，而这一切也是在她折腾和折磨了自己很久之后，那么你呢？

先接受自己生病了，你才能好起来！相信我说的。

抑郁症到底是怎么回事呢

"感觉世界就是个大咪咪，把我罩住了，而且它还得了增生……"从文字中看得出来，蒋术得抑郁症之后，她最大的困扰也是"我这到底是怎么了"。很多抑郁症病人都有类似的感受：好像被困住了，脑袋是木的、思维是僵的、身体像行尸走肉，生活中的一切对自己而言都毫无意义，而自己对于这个世界更是毫无意义，于是会想到"去死吧，去死吧，你真没用，你活着真是个拖累……"。

这个困住自己的"魔鬼"到底是谁？

向他人解释清楚"抑郁症"其实也不是一件容易的事，因为这个"魔鬼"的成因很复杂，而且有两面性：一面是生物学机制，也叫生理因素；一面是心理机制，也叫心理因素。抑郁症是一种身体和心理共同作用而产生的疾病。

抑郁症不是个错，它是病。你不需要为你的抑郁状态而对任何人感到抱歉，"我只是生病了。"——这句话请对自己说三遍。下面我们开始聊聊它到底是怎么回事。

抑郁症至少有两个名字。从生理的角度可以叫它"脑细胞

5-HT 递质紊乱或缺乏综合征"；从心理的角度可以叫它"生命活力丧失症"或"愤怒内指向症"。

【生理机制——脑细胞5-HT递质紊乱或缺乏综合征】

一个人患有抑郁症时，首先是大脑中的神经递质发生了病变，神经递质开始减少。人们认为，如果5-HT 和去甲肾上腺素这两种神经递质之间不能达到平衡，那么就会导致抑郁症或焦虑症。5-HT 和去甲肾上腺素的减少常常导致情绪低落、动力下降，以及食欲和性欲发生变化。20世纪五六十年代，科学家们研究发现，抑郁症患者大脑里面的神经递质水平不平衡，血清素浓度降低。

好吧，我知道以上的解释过于专业，你看完还是不明白是什么意思。下面，我用最通俗的话解释给你听。

什么叫"神经递质"呢？就把它比喻成"小火车"吧。这列"小火车"的职责是向我们的大脑输送快乐的感觉，哇，它真是棒极了！"小火车"里有什么？有很多我们大脑里面神经细胞产生的化学物质，比如能让我们感受到快乐的"多巴胺"便是这些神经递质中的一种，我们叫它们"快乐因子"吧。"小火车"里原本应该装满"快乐因子"的，当抑郁症患者遇见令他高兴的事情时，脑袋里面虽然会分泌"快乐因子",但是——"小火车"轮子坏了,没油了,跑不动了,没办法传导了。而且"快乐因子"这类物质分泌得也不正常,或者大脑压根儿没办法分泌"快乐因子"了,于是"小火车"跑不起来了,人也就抑郁了。由于这些生理上的功能受损,人就无法感受到"快乐"。

你看,这就是为什么说抑郁症首先是身体疾病的原因。它是有生理基础的,跟感冒发烧一样,这病不挑人,跟你的性格好不好、是不是常常想不开、是不是够有钱够成功、生活态度是不是积极乐观真的没关系!

于是,科学家们就研制出药物来,或是刺激大脑中神经递质的产生,或是抑制大脑对于神经递质的吸收。总之,提高大脑中神经递质的水平,使抑郁症患者能够重新拥有感受快乐的能力。简单点说,药物的作用就是给你的"小火车"加油,在你的"快乐因子"之间挂一个小喇叭,让你的大脑重新听到:"嘿,快乐回来了!"

【心理机制——"生命活力丧失症"或"愤怒内指向症"】

得抑郁症的心理原因比较复杂,与基因、成长经历、性格等有一定的关系，但不能说得抑郁症就是因为性格不好，有些性格很好的人照样得抑郁症。比如，急躁的人容易患高血压，焦虑、胆小的人容易患心脏病，但二者之间并非存在绝对必然的关系。

以下性格特质比较容易患上抑郁症，这就跟有些体质容易患上流感是一个道理。

敏感、细腻、要强、爱面子、追求完美、在意得失、争强好胜、苛求自己、容易内疚、经常自责、自我罪恶感和道德感过强、老好人、不自信、害怕冲突、不敢发脾气、悲观、脆弱、爱计较、爱琢磨、过分在意他人评价……

当然，从整个人生的角度而言，性格其实没什么好或者不好，只有你喜不喜欢自己、你是不是足够善待自己；而单从心理的角度观察，绝大多数抑郁症病人都有"不够喜欢自己、不懂善待自己"，但是却对自己要求很高，甚至很苛刻的特质。

除此之外，在人生的很多时期，抑郁症都容易找上门来。

【一生中容易诱发抑郁症的几个时期】

青春期、更年期、老年期、孕产期、手术后、大病之后、惊吓之后等，这些容易引起身体内分泌、激素水平等发生剧烈改变的特殊时期。

失恋、失业、失婚、落榜、破产、丧偶、亲人离世等人生重大的挫折期。

人际关系不佳、对现状不满、恋爱不顺、总有受挫感、强烈的孤独无助感、工作或学习压力太大、对新环境不适应、心里累积太多愤怒又不知道向何处发泄等造成的长期的、持续不断的精神压力。

以上因素，再加上大脑神经递质突然发生了病变，就有可能导致抑郁症。够复杂的吧？好像每个人都有可能得抑郁症，不是吗？这下服了它了吧？抑郁症真的有可能无孔不入、无处不在……所以，它不是你的错，你也并不是特别的不幸！

警惕！这些表现也是抑郁症的信号

正如我们在蒋术的日记中所看到的，她能正常工作，好像抑郁症并没有影响她和他人的关系，但是那种痛苦的、自责的、自残的、仿佛已经到达生命绝境的感觉不知向何人诉说，说了好像也没人能懂，只有她自己知道……

抑郁症的反面不是快乐，而是活力，是感知一切情绪和立即付诸行动去改变的能力。比如，高兴、愤怒、悲伤、兴奋时，你都能马上笑、发脾气、哭泣、兴致勃勃；而当自己处于一种糟糕的情境中的时候，会马上决定下一步怎么做，并迅速着手实施。抑郁状态则恰好相反，抑郁不是悲伤，而是丧失了活力，因此而变得麻木、迟钝、做事拖延。每一天，身体是行尸走肉，而内心却自我折磨、痛苦万分……由于内耗过大，总是感到非常疲惫，像是有什么东西用厚厚的帷幔将自己和世界隔开了，而且不停地摧毁和伤害着自己。

以下心理信号同样也需要引起你的警惕。

1. 情感隔离：隔离就像是在你的经历和感受之间拉上了一道闸门，你能意识到门外发生的事情，但是你却感受不到随之而来的情绪。或者是你故意不去感受它，此时，这种隔离就像是一种自我保护。在一些缺乏爱的家庭里，多年来家庭成员之间不仅不去表达情感，就连相互之间表达情绪的能力也好像丧失了。这是因为长期以来的家庭氛围让他们感觉到，向自己的父亲、母亲或是伴侣表达情感和情绪是危险的，有可能遭到亲人的言语攻击，甚至亲人有可能日后旧事重提，伤害了自己。因此，家庭成员把自己都变成离开了水的鱼，尽量不去表现生命活力，就那么半死不活地待着，这样反而是安全的。但如果一个人的童年长期陷于这样不健康的家庭氛围里，看到每个家庭成员都戴着"面具"彼此隔离着，从不相互表露真实的情感和情绪，只是凑合地活着，那么这样的孩子在成年后产生"习得性无助"的概率会大大增加，而这种非常具有破坏性的家庭氛围，也会增加每个家庭成员患抑郁症的风险。

2. **不明原因的躯体化症状**：这是病人在用身体表达愤怒，这些总也检查不出来病因的难受的症状其实是心理信号，和真实的身体状况没有什么关系。我们都见过这样一些人，或者我们自己就是如此：总有难以缓解的疼痛，不是腰酸腿疼就是肩膀疼；或者总是感觉很疲惫，休息后依然觉得疲惫；容易因各种刺激而发脾气；或者动不动就呕吐、眩晕、胸口闷、心慌心悸、拉肚子或者肠胃不好；有时候喉咙里像是堵着什么东西；去医院反复做各种检查，结果又确实没什么问题。其实这是病人在用身体表达"你帮不了我"或"你对不住我""我病了，所以你应该优待我""我病了，所以你不能对我期待更多"。这在心理学上被称为"弱势控制"，虽然病人的身体是不自觉地表现出莫名其妙的不舒服，他自己也确实感到不舒服，但这只不过是"内在愤怒的躯体化"，与身体无关，而是与心理有关。其实这是在伤害自己，也在伤害亲密关系，而且自己还不需要为伤害负责——都是别人害的。

3.拖延：在现代社会，随着社交网络的出现，拖延症患者的数量越来越多。明明前三天能从容做完的事，一定要拖到最后三小时才手忙脚乱地拼命赶；明明事先安排好的计划，一定要拖到最后一分钟才去实行；明明知道有那么多事情堆在眼前，但就是要东瞅瞅西转转，一会儿瞄两眼pad，一会儿刷刷朋友圈；好不容易打开电脑了，又逛会儿淘宝，上会儿贴吧，再看看微博上谁跟谁又打起来了，然后……你困了！可这一晚你什么也没干。后来你发现自己干什么都拖，拖到自己忍无可忍时还在拖，你终于在日复一日的与自己的对抗中，将你的拖延症由早期拖成了中晚期，成为来自"拖拉星球"的"超级名磨（磨蹭）"。

美国加利福尼亚大学资深心理咨询师简·博克说："全世界拖延者的数量越来越多，互联网是罪魁祸首。……网络越来越成为人类逃避工作的首要借口和避风港。网络触手可得，一天24小时，一周7天永不停息，随时可供打发时间，任何时候都可以在上面冲浪、聊天、看电影、玩游戏，这比工作要容易得多。"

拖延症的形成也有着很复杂的心理因素，仔细看来，这些因素和形成抑郁症的心理原因真的很相似。

A. 由于生活目标长期没能实现而产生的自我挫败感；

B. 由于过分追求完美而导致的心理压力：一直想做到最好，于是一直开始不了；

C. 由于不能承受试错而产生了心理压力。害怕被抱怨和被指责，因此表现出自信心不足的特点。

拖延症有可能是抑郁症的前奏。假如你陷入"拖拉星球"无法自拔，建议你找心理医生做做抑郁症测试量表吧。

4. **生活漫无目的，并为此感到内疚**：我们常常听到有人叹息"活着可真没劲"，可事实上你看到他的状态往往是懒散着什么都没做。真正的懒人不会因为自己的"懒"而有内疚感，懒汉往往自得其乐；但是有抑郁倾向的人，往往因为自己"打不起精神"，不能投入地热爱生活，找不到生活的动力和价值而对身边的至爱亲朋感到万分愧疚和抱歉，进而不停地自我指责——你看我都这么懒了，你们还对我这么好，你们应该放弃我，这一切都是我的错。

5. **停不下来的自我虐待和被动攻击**：常常强迫自己拼命工作，觉得只有忙起来才能找到价值感，不敢停下来，停下来就觉得空虚、混沌，甚至绝望，比如我们很常见的"工作狂"；常常故意把自己的生活搞得很乱，或者故意破坏亲密关系、故意做出令亲人伤心的事，然后跟自己生气，不停地埋怨自己"没办法，我就是这么差，我是个衰人、烂人、霉人，我不能改变自己，我就是没有办法好好生活"，比如那些令人头疼的家庭中的"问题少年"；常常在他人面前表现出旺盛的斗志和所谓的"正能量爆棚"，整个人犹如打鸡血一般亢奋——"欧耶，我是最棒的！"不停地催眠自己"我很强大"，可是又在独自一人时陷入虚空悲伤的感受里，自叹自怜，觉得自己弱小、无助，甚至卑微如蝼蚁；一会儿目空一切，一会儿妄自菲薄（这也是典型的双相情感障碍的表现）；有强迫行为出现，强迫自己一次只能完成一件事，强迫自己完成任务的顺序不能被打乱，头绪一多就完全不知所措，并伴有恐惧感；时常有虐待自己的行为或有受虐倾向，允许他人用暴力或冷暴力的方式长期虐待自己，而对此非常麻木，并不感到愤怒。

6. 消极的自我对话和被动的状态："我不行！我没用！我糟糕之极！""我有毛病！我活着对不起很多人！""我的人生没有希望了！我厌恶我自己！"

一旦生活出现了波折或者不顺，抑郁症患者的内心就会首先出现这些自我指责的声音，仿佛是脑袋里藏了一个停不下来的批评者。这些批评的声音如背景音乐一样，吵得人无法专注于解决问题，使人陷入沮丧的情绪中，无法自拔，更无力行动！

因此他们总是被动的，仿佛被更强大的某种力量或者某个人的意志所操纵，不可能对自己的生命和生活状态真正地负起责任来。其实那个操纵他们的声音，是他们对自己的"不接纳"。

7. **不断否定他人**：一个人对自己充满指责，就不能对他人表现出真正的宽容和友善，即便表现出"与人为善"的好脾气的样子，也不过是一种讨好，并不是对他人的真正接纳。我们常常见到很多对孩子非常严苛的父母：孩子做什么都是错的，孩子怎样表现都不能令她完全满意。孩子考了99分，她会因为那失去的1分而对孩子大加指责；孩子永远都不如邻居家的"小明"懂事听话，甚至成年后孩子给她买礼物也都会被斥责是在乱花钱。总之，无论如何，孩子的表现都不能令其满意。还有一些伴侣的关系也呈现出非常挑剔的破坏性，比如，有些妻子永远挑剔丈夫：不思进取、不求上进、不懂浪漫、不负责任、不够爱自己、对家庭的付出不如自己多。她们不停地将自己的丈夫跟别人的丈夫相比较，不断地表现出对婚姻的失望透顶，总之就是这辈子跟这么个人结婚实在是亏大了。但是她们又将不肯结束关系的原因归为"为了孩子，凑合呗"，而自己并不去经营和改善关系，只是自顾自地寻求道德上的满足感，将自己活得不幸的"罪魁祸首"由丈夫转嫁给了孩子，最后将自己不幸福的人生完全归结为：你们毁了我，都是你们害的！

8.**其他具有破坏性的行为**：比如，暴力或冷暴力、暴饮暴食、嗜睡、拒绝运动、滥用药物、酒精成瘾、上网或游戏成瘾、性成瘾、吸毒……

以上这些都是你的行为向你发出的求救信号——"快，帮我，别被表面现象迷惑，我可能是有抑郁症了！"

亲爱的，这些不是抑郁症，它们只是它的亚类型

读到这本书的你，可能会拿蒋术或其他一些抑郁症朋友的症状对号入座，然后在心里默念："完了完了，我是抑郁症了。"其实，即便是抑郁症，也分为很多不同的类型，而我们前面所提到的大部分症状属于 Major Depressive Disorder，规范的翻译应该叫作

"重度抑郁障碍"。这是我们常常见到的，也是我们每每谈到"抑郁"的时候，自然而然想到的一种。

但是，其实抑郁症还有一些其他的亚类型。

1. 心境恶劣障碍

与抑郁症的急性发作不同，心境恶劣障碍是一种长期的、慢性的心理疾病，它的基本的诊断标准是：一天中的大部分时间都陷于抑郁的情绪之中，有抑郁情绪的时间会比没有抑郁情绪的时间多，而且这种状态已经持续两年以上。心境恶劣障碍更有点人格层面的意味，患者的症状不如重度抑郁症那么严重，不至于过分影响生活，但是情绪长期不好，长期处于消极被动的状态，身边的人，甚至患者自己，都认为"这就这么个人""他就这样"。除此之外，患者还需要符合至少以下两种症状。

（1）胃口不好，或者总是吃得过饱；

（2）失眠或者嗜睡；

（3）精力差或总是感到疲惫；

（4）自责或低自尊。

听上去这些症状和抑郁症很像，但与之不同的是，它不影响患者正常的生活和社交，只是生活和社交的质量不高；而且患者也不会产生自杀的念头，但是自尊感低，显得"好欺负"。

心境恶劣障碍的时点患病率在世界范围内是3%，终生患病的风险是6%，其中女性的患病率更高。心境恶劣障碍不受种族、教育和收入的影响。

心境恶劣障碍貌似没什么危害，不过就是长期不高兴罢了，但是请想象一下：一个人在至少两年里的大部分时间都闷闷不乐，不能享受生活、睡眠不好、对自己感到厌恶、做事拖延、缺乏行动力、常常觉得无力又无望，仿佛废人一样没有能力做任何事；不是他在驾驭生活，而是生活在碾过他；在你眼里的每一天是鸟语花香，可是在他眼前日子是残酷的、苍白无力的、令人心烦的；他的每一天都在忍受痛苦和作自我牺牲，他觉得简直生不如死——他自己该有多难受啊！

如果是父亲或者母亲得了心境恶劣障碍，会给孩子带来怎样的影响呢？通常，这样的孩子都是焦虑的、紧张的，很难跟同龄人建立关系，在学业上也比较吃力。孩子其实很清楚父母身上一定出现了问题，他们总觉得自己应该做点什么，于是就会变成"小大人"，照顾大人的情绪。为了讨得父母欢心，他们察言观色、过分懂事，表现得非常独立；或者相反，呈现出长不大的状态，表现得非常依赖。令人心疼的是，他们会在小小年纪就下意识地承担起让家庭气氛好起来的责任，去照顾大人的情绪、体贴大人的感受，或者是扮演一个"小混球"和"小麻烦"，只是为了让父母分散注意力，能积极动起来。这样的孩子无论是过分懂事还是过分顽劣，其实内心都会压抑相当多的愤怒，并且对父母产生深深的不信任。

对于心境恶劣障碍患者而言，有时候家庭却是最大的加害者，伴侣的强势和不接纳、情感上缺少温暖和支持、固执、冷漠、以自我为中心和长期的不满、抱怨，都会加重病情。

坏消息是：心境恶劣障碍的患者有极大的患抑郁症的风险。

好消息是：心境恶劣障碍和抑郁症一样，都是可以治愈的。

2. 双相情感障碍

双相情感障碍，就是情绪有两个方向，躁狂和抑郁在患者身上交替出现。躁狂发作的时候，人会极端地兴奋，充满能量、自信而无所不能，严重时出现幻听、幻视的症状，甚至不能觉察自己的行为。而在抑郁发作的时候，人会觉得绝望、无力、无欲，认为自己一无是处。重度抑郁只是让人更加难过，而当双相情感障碍发作时，在躁狂的状态下人实际上感觉更愉悦；往往只有在抑郁状态发作的时候，双相情感障碍的患者才会觉得自己需要向人求助。

躁狂发作前往往有轻微和短暂的抑郁发作，所以多数学者认为躁狂发作才是双相障碍，只有抑郁发作的是单相障碍。*DSM-IV*（《精神障碍诊断和统计手册》，由美国精神病学会制定）中将双相障碍分为两个亚型，双相 I 型指有躁狂或混合发作及重性抑郁发作，双相 II 型指有轻躁狂及重性抑郁发作，无躁狂发作。值得注意的是，双相障碍未引起临床医生的足够重视，有报道称，37% 的双相障碍患者被误诊为单相障碍，长期使用抗抑郁药治疗，从而诱发躁狂和快速循环的发作，使发作频率增加。

双相情感障碍的平均发病年龄是 30 岁，有研究报告显示，0.4%—1.2% 的人在一生的时间里都会出现双相情感障碍；在任意时间点上，有 0.1%—0.6% 的人正在承受着这一疾病的痛苦。

躁狂抑郁症的发作必须符合以下标准。

1. 出现不正常的和持续的兴奋、高昂或是暴躁的情绪；

2. 在一个阶段内出现至少三种以下情况——

（1）自尊膨胀或狂妄自大；

（2）睡眠需要显著减少；

（3）强制性言语；

（4）思维奔逸；

（5）显著的注意力分散；

（6）目的导向的行动增多或精神性躁动；

（7）过分投入玩乐活动而不顾负面后果；

3.症状必须严重到对正常生活造成困扰，或者是将自己和他人置于危险境地；

4.症状的出现绝不是由于精神分裂或者药物滥用。

作为一种疾病，躁狂抑郁症也是可以治疗的。但是在临床上，治疗双相情感障碍的药物与抑郁症的药物不同。治疗重度抑郁症患者的药物，对于双相情感障碍的患者而言，反而是有害的。

3. 季节性抑郁

季节性抑郁症又称季节情绪失调症，顾名思义，就是因为季节的变化而引起的抑郁。它在每年同一时间发作，常在秋末冬初开始，春末夏初结束。这并不是单纯的冬季抑郁症，或小屋热（cabin fever）。还有一种罕见的季节情绪失调症，即夏季抑郁症，开始于春末夏初，秋季结束。现代医学研究认为，造成季节性抑郁症的主要原因是冬季阳光照射少，人体生物钟不适应日照时间缩短的变化，从而导致生理节律紊乱和内分泌失调，出现情绪与精神状态的紊乱。

患有季节性抑郁症的人会有抑郁症的一般症状：伤心、焦虑、易怒、对事物兴趣索然、社会活动减少、注意力无法集中。其特有的一些症状包括：嗜睡、糖类需求量增加、食欲旺盛、体重增加。

意大利的医生们认为，如果坚持每天早晨连续散步30—60分钟，让脸好好晒晒温暖的阳光，抑郁的心情就会随之消失。医学研究证实，阳光是极好的天然抗抑郁药物，而早晨的阳光效果最佳。躺在窗户朝东的病房里的病人不服用药物，也要比躺在窗户朝北的病房里的病人早康复几天。

光照疗法有时称作"光线疗法"，就是让病人接受白色灯管的照射。灯管要用塑料包好，防止紫外线对人体造成伤害。光线强度至少为10000勒克司，病人不要直接看着光，而是坐在距离光源0.6—0.9米的地方读书或吃饭。光线疗法安全有效。

这个方法听起来特别可爱，每天在灯泡下面照一段时间，假装是晒了太阳，然后就像北极熊一样爬出洞来，伸个懒腰。——有阳光的地方真美好！

4. 产后抑郁症

产后抑郁症是女性精神障碍中最为常见的类型，是女性生产之后，由于性激素、社会角色及心理变化而带来的身体、情绪、心理等一系列的变化。典型的产后抑郁症是在产后6周内发生，可持续于整个产褥期，有的甚至持续至幼儿上学前。产后抑郁症的发病率在15%至30%之间。

产后抑郁症的临床表现主要有四点。

（1）情绪的改变

患者最突出的症状是持久的情绪低落，表现为表情阴郁、无精打采、困倦、易流泪和哭泣。患者常用"郁郁寡欢""凄凉""沉闷""空虚""孤独""与他人好像隔了一堵墙"之类的词句来描述自己的心情。患者经常感到心情压抑、郁闷；常因小事大发脾气；在很长一段时期内，多数时间的情绪是低落的，即使期间有过几天或1-2周的情绪好转，但很快又陷入抑郁。尽管如此，患者的抑郁程度一般并不严重，情绪反应依然存在：几句幽默解嘲的警句，能使之破涕为笑；一场轻松的谈话，能使之心情暂时好转。患者本人也能够觉察到自己情绪的不正常，但往往将之归咎于他人或周围的环境。

（2）认知改变

患者对日常活动缺乏兴趣；体验不到有趣事物带来的快乐；

常常感到自卑、自责和内疚，反应迟钝、思考问题困难；遇事老向坏处想，对生活失去信心，自认为前途黯淡，毫无希望，感到生活没有意义，甚至企图自杀。

（3）意志与行为改变

患者意志活动减低，很难专心致志地工作，尽管她们可能有远大的理想和抱负，但却很少脚踏实地地去做。她们想参与社交，但又缺乏社交的勇气和信心。患者处处表现出被动和过分依赖的心理，它的症结在于不愿负责任。一般而言，这类患者很少自杀，但也有部分患者感觉人生空虚而乏味，声称想死。

（4）躯体症状

约80%的患者，因主要苦于失眠、头痛、身痛、头昏、眼花、耳鸣等躯体症状而向医生求助。这些症状往往给人体诉多而易变的感觉，有些症状可以长期存在，但无明显加重或缓解。这些症状多随着抑郁情绪的消除而消失。

产后抑郁症不仅危害母亲自身，还有可能伤及孩子。有一些女性会产生想要伤害孩子的念头，甚至想和孩子一起自杀。因此，产后抑郁症也是危害极大且需要立即引起人们重视的心理疾病。

抑郁症为什么会找我

大概是在三年前，我的同事辗转找到我，说自己的女儿因为跟男朋友分手而导致了非常严重的情绪问题，完全不能够正常地工作和社交了；其实以前女儿也谈过恋爱，这次恋爱时间也不长，三个月而已，不知道这一次怎么会这样。这位妈妈特别想不通，她感到很崩溃。

我跟她的漂亮女儿做过两次谈话。刚开始我们还只是纠缠在她的失恋问题上，后来我发现，谈话完全无法进行下去了，因为她跟我所接触的那些找我做心理咨询的来访者非常不一样：我们根本不在同一个频率上，我说了很多，她也说了很多，可是我们相互之间理解不了。我想这可能不是普通的心理问题，至少不是单纯依靠心理咨询所能够解决的问题，凭着多年的心理学知识储备，我很快做了决定：上医院，找精神科医生做诊断，开药。

接下来是漫长的治疗之路，在这期间她服药、反应太大、停药、病情加重，又吃药、做心理咨询、中药、西药……她的妈妈找过我很多次，在每一次不知所措的时候声泪俱下。其实我也帮不了什么忙，但是至少能听听、能陪陪，就是安慰，而剩下能做的就是相信科学，给患者时间。

你或许会说："噢，原来感情挫折会诱发抑郁症啊。"我得很负责任地告诉你：那只是极少数的诱发原因之一，抑郁症的病因，其实远比我们想象的"因为某个极端事件的触发"要复杂得多，有时候甚至是无缘无故地，抑郁症就突然找上门来。

抑郁症仿佛是一个看不见的悬崖，它让你产生抑郁性思维和自我破坏的行为、内疚和羞愧的感觉、神经化学的变化、躯体上的痛苦、被歧视感和耻辱感，以及兴趣的大面积减退……但你很难分得清，到底哪些身体和心理的反应是原因，哪些是结果。

诱发抑郁症的因素大致如下。

1. 遗传因素：大量的科学研究表明，抑郁症是跟遗传基因有些关系的。同卵双胞胎中的一个如果患上了抑郁症，他的兄弟姐妹患病的概率为三分之二。一项研究显示：在抑郁症患者的家庭里，其成员的大脑皮层薄了很多。研究者们认为，这可能解释了抑郁症的遗传的易感性。

2. 早期与父母的关系存在问题：童年经历会影响大脑发育，

从而导致成年之后出现一些心理障碍，这一点心理学界已经达成了广泛共识——有太多的心理问题与童年经历有关，其中包括抑郁症。如果孩子的养育者不能给予孩子足够的关注、温暖的肌肤接触、踏实稳定的安全感和无处不在的呵护照顾，而是有时忽略、怠慢、拒绝、冷淡了孩童的心理需要，甚至把惩罚当作"好的教育"的话，孩子就会产生强烈的挫败感，觉得自己"不值得被爱"，因而呈现出较低的自尊感。而且，当与养育者无法建立健康的彼此信赖的关系时，孩子将会变得不太容易相信他人。有些父母年轻急躁、缺乏耐心，有些父母对工作过于投入而忽略了孩子，有些父母自身有抑郁症，有些父母情感能力比较差、家庭缺乏亲密感，有些父母婚姻关系不好，从而变得过分依赖孩子……这些都会给孩子的心理带来持久的伤害。

3. 人际交往能力较差：害羞和社交恐惧症与抑郁症有着很高的关联性。在社交场合中常感觉尴尬或不自在，会使你更想逃避社交，躲在自己的小天地里，活在自己的思维里，通过"想"来获得满足，而不是"动"。然而，陷入自我世界越久，那些负面的情绪对你的伤害也就越久。

4. 没能建立稳定的自尊：我是谁？我是什么样的人？我想成

为什么样的人？其实，在成长的过程中我们应该反复掂量、思考、检验这些与自我定位有关的问题。然而，有些人逃避这些问题，于是变成了缺乏自信的、不了解自己喜好的、也不容易去关注自己内心情绪变化的人。这样的人往往用一些外在的标准去衡量和压迫自己，比如，"你要活得像谁谁一样！""你要做个能给别人带来快乐的人！"他们往往有自己难以企及又非常崇拜的偶像或权威；在进入亲密关系时，会为了讨好对方而倾尽一切。这一类"没有自我"的人，往往会在过高的自我期待中，慢慢变成一个不接纳自己真实的样子的、对自己比对任何人都要苛刻的、不爱自己的人，他们的心里全是"我应该"，而没有对自己最深的疼惜和关爱。

5. 缺爱的生存环境：有些人之所以被抑郁困扰，是和他们长期缺乏稳定多元的情感支持系统有关。比如，有些经常来信向我倾诉的听众是被周围的生活环境孤立的人。再比如，有些女性的生活中只有孩子，没有朋友和任何爱好，与丈夫的关系长期处于冷淡疏离的状态；有些男性长期从事与社会接触极少的工作；有些人和家庭发生矛盾后，长期缺乏亲情的交流沟通，和家人非常疏远；有些人结了婚，但长期处于无爱的婚姻关系中，"两个人的孤独比一个人的孤独更孤独";还有一些人长期陷入无助的不安全感里……这些生存环境都是滋生抑郁的温床,对一个人的心理健康是十分有害的。

6.重要关系的丧失:并非所有的悲痛都能随着时间得到缓解,对于因悲伤而引起抑郁症的人来说,重要关系的丧失意味着对自我价值的全面否定。他失去的不只是一个对自己来说相当重要的人,更是一段被认可和接纳的或者是长期渴望着对方的认可和接纳的亲密关系。这话有点绕,意思就是:只要是在你心里格外重要的人过世了,不管你与他的关系在他生前是好还是不好,你都很难走出来;如果是关系不好,就更难走出来,因为你一直渴望着他能爱你,可是,那个代表着"意义"的人不在了,你再也没有机会了,那么你的出色、你的优秀、你的努力又证明给谁看呢?

人在哀伤、难过、长期纠结、情绪不佳的时候都有可能得抑郁症,但也有可能不会得,一切的一切,取决于你自身的"体质"和"性格体质"。抑郁症是生理原因加上一部分心理原因共同导致的,所以,它是"脑子里的病",也是"心里的病"。——但请记得,这一切都不是你的错!

得了抑郁症，是否应该在家里休息呢

得了抑郁症之后，人的社会功能几乎完全丧失，这时，很多人常常就会有这样的担忧——到底要不要辞职？如果不工作了，整天胡思乱想，病情会不会加重呢？其实在这样的情况下，重点不是辞职在家或者是继续工作，而是如下两个问题：一是如果我继续工作，那么由这个工作所产生的一些压力我要如何面对；二是如果我决定辞职在家，我将有很多的时间，那么我如何来安排这些时间，才可以帮助我更好地疗愈？所以，重点还是在于如何疗愈，要衡量的是在这个时候工作的环境和家庭的环境，哪一个更能让自己获得疗愈。

不过对于重度抑郁症患者而言，有的时候他可能想不了那么多，因为他感觉自己的脑子被控制了，有些患者甚至感觉自己的脑子好像被罩上了紧箍咒，或者是什么人在框着自己，而自己的感觉是木的。

我们看到的抑郁症患者通常是不高兴的，但其实对他自己而言，并不是不高兴，而是没反应、迟钝、呆滞，整个人像一个木头人一样。

如果把我们的身体比作一个"能量场"，那么对于抑郁症患者而言，就是"能量"被卡住了，我们中国人说"气血"，西方人喜欢用"能量"。能量刚开始被卡住时，身体会痒，然后就会酸，再后来就会痛，接着会麻，最后就木了。那么，面对这种木木呆呆的状况，到底要不要出去工作？要怎么做决定才好呢？

首先，这时候需要家人和朋友来帮助他们，给予情感支持，要给抑郁症患者传递一种信号——你无论工作还是不工作，我都接纳你，你放轻松。其次，需要朋友或者家人帮助患者做一些整理的工作，比如，重新整理工作用的资料、以前工作的汇总，等等，让患者在未来开始工作的时候，不至于手脚忙乱，这样他内心的压力自然也会减轻许多。帮助整理，也是给患者一个心理暗示：即便你暂时没有跟社会同步，但是你的生活一直在持续前进，所以只要你想，你随时可以闪亮登场。帮助他整理，其实等于帮助他刷好了一双跑鞋，这种无形的支持和鼓励，会让患者的内心放松很多。

对于很多抑郁症患者而言，患上抑郁症，就是因为从来不敢停，永远处于一种类似工作狂的永不停歇的状态。比如，很努力地学习，一定要怎么怎么样，一定要达到什么目标，从来不敢停下来。所以，可以反复向抑郁症患者澄清的一个道理是：生病刚好是一个让你按下暂停键的机会，你要让自己的身体停下来。

从更好地治愈抑郁症的角度而言，我更倾向于建议患者暂停工作，在家里休息。因为抑郁症患者都有一个共同的性格特质，就是既要强又要面子，而且过于自责和内疚，所以假如他们在工作中表现得很麻木很呆滞，工作效率低下，反而会加重他们的自我攻击。

在家里休息并不等于什么都不做。心理学上非常强调"带着症状去生活"，而不是永远跟症状作斗争。一个很有意思的现象是，在心理问题上，你越是跟它搏斗，症状就越是严重，而接受它、陪伴它，让一切顺其自然地发展，它反而会慢慢好起来。无论是听音乐、做力所能及的运动，还是做做手工或者画画，即便是待在家里，也要把生活安排好，这样才不会让抑郁症患者产生完全跟生活脱离的无助感。

当然，不得不说，这个时候也是抑郁症患者观察和考验真朋友的好时机。有些人会因为你生病了、脱离社会了，你的社会名望、社会资源等可供其利用的价值失效了而疏远你；而有些平时相交并不算深的朋友，这时候反而会对你全然接纳，不离不弃，这些朋友就会成为你未来岁月里最宝贵的财富。因此，即便生病在家，也同样能给自己带来意外的收获。

在蒋术生病期间，我专门寄了一台果汁机给她，让她给自己生病的日子加点"料"，其实我也是在给我们的友情加点"爱"。在这里，我也想提醒正在看这本书的你，一定要重视你身边那些得了抑郁症的朋友，他们大都是极其善良而敏感的人，但是，就是因为过于善良敏感和认真而不懂得爱自己，抑郁症才会找上他们。所以，请善待你身边每一个患有抑郁症的朋友，在这个时候，要格外对他们好一点！

如何陪伴身患抑郁症的家人——情绪篇

患上抑郁症后，除了患者自己，最最经受考验的还有陪伴他们的家人。抑郁症病人的情绪反反复复，有的时候感觉好啦、没事啦、今天好像完全没问题，但是第二天又卧床不起，或者感觉非常焦躁、非常悲伤难过，整个人又完全崩溃了。那么，如何应对抑郁症患者这种没完没了的、看不到边际的坏情绪呢？

首先我们要理解的是，他们的情绪为什么会反反复复？是因为药物的作用吗？还是个性的原因？我们说，其实多半还是个性的原因，因为他太急于好起来，善意地希望自己不要给家人带来太多的麻烦和压力。于是，当他难过的时候，最直接的反应就是不表达、不说话、憋住闷住，甚至把自己的房门关起来，心门也锁起来。在这种情况下，他整个人都处于一个"郁结"的、受到高压的状态，因此，这时候他的痛苦其实是在加倍地攻击他。而当他处于比较亢奋的状态的时候，情况则完全相反，他需要一直讲话，不断地重复他的故事、他的痛苦，他甚至没有办法停下来，而这种停不下来的状态也会耗散自己的精力，我们知道，说话是很费气的。再加上吃药之后身体会有一些比较痛苦的反应，因此发作时的压抑苦闷和稍微好一点时的过度亢奋会交替折磨着他，使他濒于崩溃，而外人却又不知道如何帮助他。

抑郁症又叫做"生命活力丧失症"，就是患者自己完全丧失了活力，因此，不难理解为什么抑郁症的病人会严重到都没有办法起床、刷牙。他完全地失去了能量，在能量处于最低点时，抑郁症的病人连自杀的力气都没有，这也就是为什么有些抑郁症的病人在大家都觉得他明明好了的时候却突然选择自杀，因为当他终于有力气了，他的第一个反应是要拿出仅存的生命力结束生命！

可是对于家人而言，长期看到一个活生生的人就那么不能吃、不能睡，什么事情都做不了，而又麻木绝望，家人的情绪是很容易受影响的。那么在这个时候，家人该怎么做才能真正地对病人有所帮助呢？

首先，不要被他的负面情绪"催眠"，也就是说不要被他的情绪带着走，不要在他亢奋的时候跟着高兴，觉得他好了；在他低落的时候跟着低落，觉得天都要塌下来了。如果你的情绪也跟着他一起上上下下，那么久而久之我们自己也会被拖进情绪的深渊里，无法再照顾他了。作为抑郁症患者的家人，你要培养自己快速识别他的情绪并且不被他的情绪牵着走的能力。很多时候，对抑郁症患者而言，拥有神经比较大条的家人，反而是幸运的。

其次，不要由于他的病而自我谴责。比如，当他什么都不肯对你说的时候，你是否认为是因为自己做得不好、不被他信任，所以他才什么都不肯告诉你？当他拒绝跟你互动的时候，你是否因为不被他爱而焦躁痛苦？而当他的病情出现反复或者总也好不起来的时候，你是否会认为都是自己照顾得不够好？你知道吗，你的这些没用的"自我攻击"只会让他病得更加严重。因此，作为患者家属，你也要时常注意你自己的情绪变化，照顾患者的同时，也要顾好自己。

第三，不要急于做什么，有时候你什么都不做，反而是在给他支持和帮助。当他难受的时候，你一定忐忑不安——怎么办，我能做些什么？要不我赶快给他一点建议？要不我赶快拥抱他，或者我叫他闭嘴？或者询问他有什么心事要告诉我？或者我带他出去见朋友、出去做运动？带他去旅行？你的这些做法看似在帮助他，但实际上你只是在缓解和转移自己的焦虑不安，这样做对患者的病情不仅没有帮助，反而是有害的。当你的交感神经也跟着过度旺盛，你一定会被他的情绪带着走，而他会因为你的焦虑而变得更加焦虑，当他不能很好地配合你、回应你的时候，他会感到更加内疚和自责，从而加重病情。所以，对抑郁症患者的关注和关心也要适度。

很多时候，抑郁症患者需要的只是你在一旁陪着、听着、待着，而不是马上去做些什么，你只需要向他传递一种坚定的信号："你需要的时候，我一定会在，所以，你不要急着好起来给我看！

你要怎样我都接受，你慢慢来。"这跟安慰那些遭受过巨大灾难和承受着深切悲痛的人是一个道理，最有帮助的不是"你要坚强"或者"你难过你就哭出来"，而只是"放心，我在"，你要坚强还是哭泣，都随你。照顾生病的人，无论他是身体生病还是心理生病，都不要对他投射你的焦虑和不安。你安安稳稳待着，就是对患者最好的爱！

陪伴着他，让这段最难熬的时间缓缓地过去，你们之间的爱也会慢慢加深的。

如何陪伴身患抑郁症的家人——药物篇

抑郁症需要吃药吗？这个问题不要问我，不要问你的亲朋好友，也不要去问任何心理咨询师，我们都不能给你正确答案。请你去问精神科医生。当你怀疑自己是抑郁症的时候，去找精神科医生诊断，当他给了你白纸黑字的处方的时候，你得乖一点！请牢记"精神科"三个字！不要担心去看精神科就等同于得了精神病。当我们很不客气地对人说出"精神病"的时候，通常指的都是"精神分裂症"，而抑郁症只是很多类别的精神疾病中的一种，而且是最轻的一种，它不过就是个"心灵感冒"而已。没错，你确实是得了精神疾病，但是你离"精神分裂症"还差得很远呢，所以请你放轻松一点，不过，药不能停！——以上的话适用于抑郁症患者，也同样适用于抑郁症患者的家人。

抑郁症患者为什么需要吃药呢？抑郁症首先是由生理因素导致的，你的大脑中的神经递质和激素水平发生了异常的改变，所以你需要依靠药物来调节，使那些能让你兴奋起来的物质恢复到正常分泌的状态。就如同糖尿病病人，只不过他们是胰岛素紊乱了，而抑郁症是大脑中的神经递质紊乱了，所以他们需要打胰岛素，而你需要吃药。

不过，吃药的问题，对于抑郁症患者及其家人而言，是一个很头疼的问题，不是因为吃药会导致头疼，而是很多家属心疼患者。比如，不止一位家长问过我，孩子得了抑郁症，该不该让他吃药？吃药之后孩子要是变成傻子怎么办？吃药会有副作用吗？副作用是什么，有多大？于是药还没开始吃，心病就已经落下了。

我们需要知道的是，治疗抑郁症的药物有很多种，而每个人的躯体状态是不同的，所以究竟哪些药物对自己的病情更有效，哪些药物引起的副作用更大，其实是没有定论的。因此，对于抑郁症患者而言，最有害的态度就是：第一，对吃药本身感到恐慌和焦虑；第二，不遵医嘱，随意停药和换药。

因此，对抑郁症患者而言，创建良好的医患关系，主动信任你的精神科医生和心理咨询师，坦诚告诉医生吃药后引起的一系列反应，这是让病情能够好转的开始。

抑郁症患者在患病前大都是聪明而出色的人，因此，生病之后在信任医生这一点上，会比其他人来得更困难。他们在发病前都是一些特别有信念的人，他们的自我约束力和自我激励的能力非常强。从另一个角度来说，这样的人往往相当固执，不大容易听取别人的意见。所以，在患病之后，对于抑郁症患者及其家人而言，能否充分地信任精神科医生，是一个不小的考验！

我曾经有一个朋友，与我同行，也是一位主持人。她得抑郁症后问我怎么办，我建议她去看精神科医生。一个月后，我问她吃药情况怎么样，结果她说："噢，药被我都扔了！"我很惊讶，继续追问，她说："我觉得这个主要是思想上的病，还是要靠自己好起来。"我说："可是大夫已经给你开了药，这说明你是需要吃药的。"她说："我很担心吃了药之后就没有办法做主持人了……

我变成了傻子怎么办？"因此，一个令人悲哀的现实是：连受教育水平并不低的主持人，都会如此缺乏药物治疗抑郁症的常识。可见，普及常识的工作真的相当重要！

吃药是必须的，不然抑郁症的症状并不会减轻，只会越来越重。不过并不见得只有药物才可以治疗抑郁症，很多替代性方式尽管不能代替药物，但是也能对患者的症状起到很好的调节作用，比如静坐、冥想、瑜伽等。

当你家里有一个抑郁症患者时，最好的方式是家人先一起开一个家庭会议，对吃药的问题做一个讨论，比如，吃药有可能带来什么？这样做的好处是可以让患者和家里的其他成员了解抑郁症的治疗是一个怎样的过程、吃药会带来哪些反应，让一切在有准备的前提下开始。对患者而言，家人的理解和爱会促进他的康复。

还有一点需要特别提示——随意停药是非常危险的，停药之后确实有可能会加重病情。很多抑郁症患者是很聪明的，因此长时间地不去看精神科、开了药不好好吃和随意停药的行为，都是自以为是和自作聪明的结果。

抑郁症只是个结果，但是治疗它所需的一切药物和各种心理建议，都是一个过程。吃药也是一个过程，尽管家人会感受到双重的压力，但是只有接纳并信任大夫，才有可能让患者好起来。

如何才能避免患上抑郁症

抑郁症，我给了它一个更通俗的解释，叫它"愤怒内指向症"。想要了解到底是怎么得上抑郁症的，得先从了解我们的身体以及压力是如何产生的开始。

避免抑郁症第一招——勇于示弱。在生活中压力无处不在，但我们要明白，当自己感觉到有压力，并且身体在用生病的方式提出抗议的时候，其实是身体在给我们以保护。压力感可以避免，但前提是你得先接受压力本身，而不能觉得它是个讨人嫌。人在面对压力的时候，身体的肾上腺素就会飙增，我们的瞳孔会放大，并且肌肉开始储存能量准备战斗，这是我们的身体在面对压力时很正常的生理反应。但事实上，在压力出现的同时，身体会出现一个自愈的力量，这个可爱的家伙叫"催产素"，港台的心理专家有个更可爱的解释，叫它"抱抱荷尔蒙"。也就是说，如果你愿意面对压力，"抱抱荷尔蒙"会从你身体里面跳出来帮助你，它会使你愿意把心事说出来，愿意去寻求帮助，等等。可见，身体其实是非常奇妙的，它一方面面对压力，一方面把治愈这条路径也给你预备好了，所以面对压力唯一的解决之道，就是不要逃避它的存在。比如，不要不去承认你其实压力很大、很累、很需要停下来、需要理解、需要关爱，示弱本身就是治愈的开始，而对很多抑郁症患者而言，病根就在于——过分逞强。所以，避免抑郁症的第一招，就是要学习看到自己的软弱，并敢于向最亲近的人袒露你的软弱。

避免抑郁症第二招——准备一个"舒压保健箱"。平日里要有一些自我减压的小技巧，很多方法可能只对你自己有用，但是没关系，把它存起来，在心里储备一个"舒压保健箱"。当压力大的时候，无论是某段音乐、笑话、拳击手套、涂色书、玩偶、游戏，还是精油、香薰，或者是你喜欢捏来捏去的塑料泡泡，无论是什么，只要对你有用，他们就是你的好伙伴。不管是透过我们的鼻子让味道来帮助我们，还是透过我们的耳朵让一些声音来帮助我们，其实我们都可以看到，这些舒缓压力的方法在对我们的感觉器官起作用，而这些私密的"好伙伴"，都可以让我们在面对压力的时候，不会太快地掉入抑郁症的陷阱。

避免抑郁症第三招——让自己动起来。动起来，不仅仅是运动，更重要的是行动。很多抑郁症患者在得病之前大都经历过类似拖延症的症状。生病之前，性格中那种不大爽利的、容易纠结、徘徊、自我谴责的个性特质十分明显，遇事反复权衡、比较，犹豫不决，因此，常常发生身体内部的自我消耗的现象。动起来，走出去，少想，多做，把行动力变成习惯，你就能将更多的精力用来应对外界挑战，而不是用在自我消耗和自我谴责上面。

避免抑郁症第四招——别把你的愤怒藏起来。抑郁症患者很多都是个性敏感、脆弱、善良、认真、谨慎、勤奋、追求完美、自我加压的老好人。很多时候他们在内心积攒了太多的负面情绪，而由于顾及面子、怕伤了和气，所以往往不敢表达，时间长了也就感觉不到自己的愤怒了。可是愤怒的情绪就像是气球，它只会越吹越大，不会自己消散，于是这些负面情绪会转化成很多的其他的情绪出来困扰你，比如内疚、消沉、失望、挫败感、不自信、不相信他人、多疑、总觉得不公平，甚至讨好、妥协、软弱、害怕冲突等，这些行为都是愤怒的"分身"。当患者无处发泄、不敢发泄、不会发泄这些愤怒时，它们就会变成一把又一把的刀子来割伤自己的心。当这些负面情绪都转化成对自己的攻击时，你离身体生病和精神生病就不远了，抑郁症或者是更加可怕的身体疾病一定会在前方等着你！所以，气愤的时候，一定要及时找人说出来，让最亲近的人陪你"骂骂娘"；被伤害的时候，一定要告诉对方"你的言行伤害了我"，而不是默默忍受；当遭受不公平的对待，要尽可能地为自己讨说法；当遇到争吵等有冲突的场面时，可以不口出恶言激怒对方，但是不要逃避冲突，要鼓励自己在冲突中待着，别怕。在人际交往中，"退一步海阔天空"有时候并不灵，在心理层面，你一直后退，等待你的并不会是海阔天空，而是心理疾病！

抑郁症的真相是——生活对不会爱自己的人的一个提醒和一次惩罚。因此，只有真正学习爱惜你自己，你才有可能避免抑郁症的困扰。

第三篇 抑路碎语
（网友自述征集）

（一）走过荒芜的沙丘：抑郁症患者自述

十年，一场没有硝烟的持久战

与情绪做斗争，最可怕的地方在于你感觉自己永远处在敌暗我明的被动境地，甚至在最绝望的时候就感觉好像是对着空气在无谓地拳打脚踢。客观地说，这十年的代价是惨痛的，虽然它们中的大部分并没有出现在这些文字里。但就像狄更斯说的那样，这些年既是黑暗的，又是光明的。

我想对正在读这些文字的朋友说，如果你遇到了同样的问题，首先要学会寻求帮助。如果你的父母或者另一半通情达理，那么你很幸运，因为家人的支持是非常有效的。如果你感觉问题非常严重，最好寻求专业的帮助，以免延误解决问题的时机。

自救——我活下来了

上大学后，我去得最多的地方是图书馆，在那里我翻遍了各种版本的心理学教材，还看过很多心理学经典原著。在阅读的过程中我不断地剖析自己，发现自己过去的生活充满了种种不合理之处，就这么读着读着，我开始有了做些改变的念头。

要改变谈何容易，更何况是在当时的那种状态下。我的生活还是过得乱七八糟：作息不规律，而且经常生病，还时不时地搞点情绪崩溃。但我最终还是重新走进了心理咨询室。我开始连续地做咨询，每周都去。我一直讲一直讲，终于把我原先想到的和没想到的问题都表达了出来。每次从咨询室出来，我都感到轻松，虽然那种轻松只能持续一小会儿。每当我又开始感到绝望时，心里总会有一个小小的声音在说："先别放弃，还有下一次咨询呢。"

大二那年，我意外地报名并参加了学校的运动会，而且拿了名次。这个小小的激励让我开始在操场上跑起来，虽然不是每天都跑，但每次满身大汗地跑完后，我的心情都会特别舒畅，我因而又获得了一种排遣情绪的方式。虽然，我的精神状态还是不稳定，但在老师和朋友的帮助下、在这些小小的收获中，我开始慢慢地好起来。

大三那年，我感到自己已经在慢慢摆脱绝望的阴影，可以做一些自己想做的事情了。于是我选择了考研，并顺利地考上了。这个结果对我来说意义重大。但考研后遗症又开始发作，由于长时间加班加点地复习，我因此得了中耳炎，被疼痛和耳鸣折磨了一阵子。然后我的情绪又开始崩溃，我开始长时间地失眠。

一步一步——重新寻找真实的自我

考研的时候我跑得太快，透支了体力和脑力，一旦放松下来，身体中所有的不适就一齐爆发出来了。所以，在读研究生的两年时间里，我并没有勉强自己去死读书，而是做了两件我认为很有意义的事情。

第一件是学钢琴。对我而言，钢琴弹得好不好并不重要，重要的是那些音符、节奏和振动带给我的感动。

第二件是练瑜伽。这使我一直保持着很好的身材和饮食习惯，并且使我感到很自信。

读研期间，我还是坚持做了一段时间的心理咨询，但我已经不那么依赖它了，因为我渐渐地找到了适合自己的生活节奏。研究生毕业，我还找到了一份还算满意的工作。

一个抑郁症康复者的两个愿望

我犯抑郁症是在高一的时候。那个时候学习压力非常大，父母一直在忙他们的生意，也很少去开家长会，我的班主任是谁、我多大了、我念几年级了，他们都会搞错，他们还喜欢吵架。

我和妹妹从小就比较懂事。我是自尊心很强的人，由于没有零花钱，所以，同学过生日我不敢去。之前和二舅聊了很多，二舅说我可以淘气一点，可以学痞一点，让年纪小小的我不要学大人一样思维，因为那样会很累。

犯过病的人在这种环境里面会很绝望。我犯病的症状就是消沉、对任何事物不感兴趣、失眠，一遍又一遍地失眠。失眠真痛苦，它使我的记忆力下降，吃药的副作用又让我一遍遍地呕吐，那种药还特别贵。

大多数病人都要自救的。除了自己，没有人能救得了我们，但是很多时候我们失去了自救的能力。这个很矛盾，所以只能说看运气吧！

我写的文字很乱，因为这段时间心情有点不好，但是相信你们能看懂大致意思。在此我提出几个愿景：

第一，希望小城镇也有好的心理医生。

第二，看心理医生的门槛不要太高，病人服用的药物不要太贵。否则，穷人在任何时候都是悲哀的。

我的现状：高中毕业后，我拼命地要求父母出资送我到一家民办企业学 IT。其实没有学会什么有用的知识，就是学会了打字、查文件，但是我还是很感激，因为这是一个平台和窗口。之后，我就去其他公司上班，工资低得一塌糊涂，但是我认为是一个机会，于是，我拼命加班和学习。现在，我在一家公司担任 CEO，工作四年，有两套房子和一辆车，已经娶妻生子。相比其他抑郁症患者而言，我是幸运的，最起码我还活着。

患病时，我的最底线就是活着。曾经想过自杀——这个恶魔实在强大。记得当时我就瘫在地上一动不动，发呆时学画画，所以，恶魔才没有得逞。目前，我的病情没有以前严重了，但是偶尔也会有一些不开心，特别是由于我从事的计算机行业并不需要经常跟人打交道，所以，当我和之前的朋友、同学见面交谈之后发现彼此之间有点不一样时，在心理上就会感受到各方面的差距。最近，因为公司的市场不景气，所以我在家休息了几个月。现在有拖延症，要到两三点钟才能睡着。哎，不说了，我写得有点乱，就是抒发一下心情，不要介意。

抑郁给了我一个很好的自我成长的机会

战胜抑郁就是战胜自我的过程。抑郁症的产生，除了受遗传因素和后天环境因素的影响以外，也一定有我自己的原因，其中的关键是自我价值观出现了一些状况。这个状况对于抑郁症易感人群来说就变成了问题。对于抑郁症的治疗，个人体会最深的就是调整和改变自我认知。

对疾病的科学认识是治愈的前提

2000年9月我初得抑郁症的时候，压根儿就不知道有这个病，还把身体上的症状（如头昏脑涨、头有紧箍感、思维迟缓、食欲不佳、乏力）当作感冒来治。当年除了思考死亡以外，我对任何东西都失去了兴趣，醒来的时候就想，要是一直这样长眠不醒该有多好。

这些症状在2003年因受失恋的刺激而复发。我专门去看了精神科医生，并去书店查阅了有关书籍，这才知道是抑郁症。从那时起，我开始大量阅读关于抑郁症诊疗方面的书，因为自己是学医的，所以很容易消化吸收这方面的知识。对于抑郁症，有三点需要广而告之：一是接纳抑郁症；二是抑郁症可以治愈；三是中度以上的病情最好采取药物和心理治疗相结合的方法。我自己的抑郁程度是中度以下，因而只是短暂服用药物。日本森田疗法对我的疗愈影响很大，"顺其自然、为所当为"，带着症状去生活，接纳抑郁症，并力所能及地做些改善。问题的出现往往带来机会和挑战，只有对抑郁症有了客观科学的认识，才能更好地找到战胜抑郁的有力武器。

找到自身的病因

正如当年看的一本书《人最高的是头颅：一个抑郁症患者的前世今生》中写道："究竟想要什么，真正需要什么，就明白了抑郁的病根。"在自身方面，还有个原因就是过于自我。只想到自己，想要实现理想，但是脱离现实，没有担当生活中各种角色的责任。换句话说，"爱是憎恨与自卑的仇敌，是任何战役中最强大的武器，是战胜冲突的克星，是治疗抑郁症最独特有效的良方"。在我最绝望的时候，正因为家人心中有爱，我才最终没有放弃生命。当我们不仅仅关注自身，多去承担责任、帮助别人、去爱别人时，我们就会获得无穷的力量。对于真正实现自我的人而言，抑郁是无处遁形的。

贴心小叮咛：

★ 保持倾诉，建立自己的社会支持系统，有一路相伴的人生
　　知己，不要让自己孤零零的；

★ 坚持体育锻炼，它对改善抑郁情绪及促进抑郁症的康复的
　　作用不可忽视；

★ 做义工。助人的快乐总是能抵御抑郁等不良情绪的侵袭；

★ 沉浸在自己的爱好或兴趣当中，让其乐无穷的时间多多停
　　留，这是心理防御的升华机制；

★ 懂得寻求专业的心理帮助；

★ 进行积极的心理暗示。如果有烦恼痛苦来临，轻轻地问一
　　声自己："这难道不是件好事吗？"我们总是能看到生活
　　中积极幸福的一面。

抑郁是对自己的过去放不下

是的，我是一名已经康复的轻度抑郁症患者，现在我早已经

摆脱了药物的治疗。我的故事是关于我的感情的。我的相亲之路很坎坷，期间，遇到了不少奇葩。工作两年后，我遇到了他。我们对彼此都比较满意，每天都会联系。我有不开心的事情，也愿意跟他说。那时候，我感觉心里真的很甜蜜。

过了一个月，他出了车祸。我去看他。在我去之前，家里的亲戚跟我说了好多，告诉我不要这样不要那样。看到他躺在病床上我真的很心疼，但是我的矜持让我没怎么表现自己的关心。回来的路上他还发短信问我到家没。他真的是一个很不错的男人，自己受了那么大的伤痛还记得关心我。

我回家后，家里人就说你以后不能去见他了，因为你们没有订婚，让别人知道了不好……第二次去见他的时候，家里人知道了，给我打电话说我不懂事，并说了很多很难听的话。我隐藏了自己内心的感受，我把别人的诉求当成我的想法，减少了去看他的次数，在他做手术的时候我也没陪在他身边。现在想来，我觉得自己当时的做法真的太伤他的心了。因此，我在他困难的时候失去了他。

我真的很内疚，在这件事情之后我开始不断地自责，尤其看到因为爱人的身体原因或是遇到困难就离开爱人的故事时，就会联想到自己的所作所为，并开始自责。慢慢地，我变成了白天戴着面具生活，晚上一个人在房间偷偷地哭的人。我开始恨自己，恨当时阻挠我的家人。家人在这期间还是给我介绍对象，我都回绝了，他们根本不在乎我的感受。我拒绝与他们沟通。我晚上开始做噩梦，醒来的时候很累，白天没精力，别人一跟我说对象的问题我就开始发火，无法控制的火气。

同时我不能跟父母好好地说话，一说话就开始吵，我也觉得自己无法胜任现在的工作，老是感觉累，虽然工作很轻松。这种情况大概持续了一年，我真受不了了，我知道精神病患者去看病的时候需要有人陪，不然的话医生是不会给他开药的。于是，我开车带上我的父母，陪我去省城看病。经诊断，我是轻度抑郁症，需要吃药治疗。

在药物的治疗下我慢慢地变得开朗起来，有些事情不再消极地去面对，但是我一直过不去心里的那道坎儿。病情在好转，心里的内疚却一直没有减少。我现在开始寻求心灵的解脱，看关于灵性的书籍，但是内心深处还是有一片小小的阴影。

抑郁是自己内心的害怕害了自己，也许是自己的不坚强输给了自己。我对自己的过去太放不下，就连在写这封邮件时，依然是满眶的眼泪。但是我现在已经不靠药物去稳定自己的情绪了，只是偶尔还是会想起那个人、那件事。愿所有的人能在困难来临的时候勇敢地去面对，用温情去温暖身边的人！

抑郁不可怕，可怕的是走不出抑郁

我考上了中国传媒大学新闻学院。我怀抱着崇高的新闻理想，渴望成为一个发掘和报道社会上一切黑暗和不公的记者。

2012年的夏天，我去报社实习，繁重的工作压力让我不知所措。当年7月初发生的四川什邡反对钼铜项目事件让我十分愤怒，我连续十多天晚上不睡觉，在电脑前刷微博跟进事件进程。半个月后，北京"7·21"特大暴雨发生了，当时我孤身一人在离宿舍很远的地方，在回宿舍的路上，看到被弹开了的不断喷水的井盖和被大雨困住的车流，我吓坏了。那几天不断传出因为暴雨发生市民死亡的新闻。我像一个苦恼的孩子，开始痛苦地怀疑：这个世界会好吗？渐渐地，我眼中的世界越来越黑暗。

进入9月，我发现自己对什么事都提不起兴趣，心情烦躁，怯于和人交流。朋友建议我去学校心理咨询中心。咨询师怀疑是抑郁症，建议我去正规医院做检查。我很生气，觉得咨询师很不负责。

当时去了朝阳医院，精神科大夫给我开了抗抑郁的药，但是我偷偷把药扔掉了。11月，我开始出现头痛、发麻的状况，反应迟钝到上课时老师说五句话我只能听懂最后一句。我疏远朋友们的同时，却在内心感到强烈的孤独。我开始暴饮暴食，从食物中寻找安全感。每次家里来电话我都感到焦虑。因为焦虑，我总会抠手，结果几乎把十个手指都弄破了，很疼，但还是不能停止这样做，甚至有了自杀的念头。

无奈的我再一次来到了心理咨询中心，咨询师强烈建议我立刻去安定医院。这一次大夫也开了药。我开始遵医嘱，按时吃药。刚吃第一周的时候，我明显感到自杀的念头越来越重。那种痛苦是生理和心理并存的，我感到无法控制自己、调整自己。

12月，父母来看我，陪我去医院复查，医生建议坚持吃药和心理咨询相结合的治疗方法，同时建议家人陪伴我一段时间。在坚持服药近一个月后，我感到自己明显好转了，能够忙起来做自己的事了，孤独感也减少了。但是心跳还是很快，经常感到兴奋、很累，却无法入睡，不停地想要说话或者唱歌。复查的时候，医生给出的诊断是双向情感障碍。我吃药的方案和药量都有了调整。

后来，在家人、医生、心理咨询师的帮助和自己的努力下，我的病情得到了控制和缓和。寒假，我在家读了《抑郁的自我疗法》等自我疗养、恢复的书籍，得到了更多的方向和力量。

时至今日，我已经坚持服药近两年，身体和心理状况都有了许多好转。作为一个小有经验的患者，我感到专业的心理咨询是必要的，一定要遵医嘱服药。家庭、社会的支持体系的建立也十分重要，而患者自身的修行也很重要，多读一些心理方面的书籍。另外，瑜伽、跑步等运动也大有裨益。

抑郁不可怕，可怕的是走不出抑郁。抑郁之后，你将化作一只破茧而出的彩蝶，在新世界里自由起舞。

只有自己最能伤害自己

我今年31岁了，而我被确诊为抑郁症是在我18岁的时候！我是被母亲强拉去武汉协和医院神经科的，因为我当时除了诸多不对劲以外，还出现了自杀行为。我被确诊为严重抑郁症，医生立即给我开了一些价格不菲的药。当时正是我的家庭最困难的时候……

但我一直极其不配合治疗，我排斥吃药。身边很多人跟我说，那些药吃了会让人变傻！会变成精神分裂！那个时候网络还不发达，所以也没有途径去了解相关的知识。我不愿意吃药，母亲费尽心思也没能让我按时按量地吃。那一年，我因自杀而被送进医院抢救了好几次。

最后一次，我喝下了高浓度未稀释过的农药。和往常一样，母亲盯我盯得很紧，没几分钟就被她发现了。农药使我痛苦异常，没有力气挣扎，母亲迅速背我到医院抢救。醒来后，爸爸阴着脸指责我脆弱、不负责任。只有妈妈，她卑微地在一旁微笑地对着我，悉心地照看我，眼里满是对我的怜惜和希望我好起来的虔诚。

那一刻我突然明白了，不是我死了大家都解脱了。至少有一个人——妈妈——希望我活着。正如她说的一样，就算我一辈子靠她养着，她也希望我活着。我开始真正相信，如果我不在了，妈妈会活不下去或者痛苦一辈子。我在心里发誓：我要恢复健康！为了妈妈，我要作为一个健康的人活着。

这是我从重度抑郁症中康复的第一个大转折！自此不久，我开始配合治疗吃药，病情明显好转，同时还参加了高考。虽然已经大半年挣扎于病痛中没有学习，但让所有人惊讶的是，我考上了本科。为了节省费用，我选择了武汉一所学费很低的师范院校。

上了大学以后，我只坚持吃了很短一段时间的药，不肯再吃了。我以为自己恢复了，觉得不需要那些药了。而且，那些药很贵。至今，我都没有再碰过药物，也没有看过医生。我一直这样不太对劲，但又抱着勇敢活下去的信念挣扎着，没有再想过死。

这些年，无数人责备我悲观、消极，鼓励我振作，我自己也这么认为，但我一直不明白为什么这些好话让我心里难受，也不明白我为何不能因此真正进入振作的状态，直到我听了青音老师的节目，我才明白这些话对于一个没有真正从抑郁症中康复的患者来说，等于是让骨折的人去跑步一样残忍。我不怪身边的人残忍，他们不懂。其实最残忍的还是我自己，只有自己最能伤害自己。

走过荒芜的沙丘

回想两年前的生活，我用"死里逃生"来形容它一点都不为过。在我研究生一年级寒假即将结束的一天，我像往常一样，在晚上11点左右上床入睡，大约两点钟的时候就醒了。我翻来覆去，感觉异常烦躁，背部感觉如同钉了一块铁板似的，又重又疼。

由于一夜的折磨，第二天我又累又烦，没有丝毫的食欲。我以为第二天的情况会有所改善，但还是事与愿违，我就把希望寄托在了第三天，结果不必我说，你已经知道了。第四天，我已经面色憔悴、萎靡不振。情急之下，我去了附近一家药店找了个中医，大夫说我阴虚火旺，开了五天的中药。我满心期待那些药能让我重新收获健康，结果还是……

开学后，我连基本的课都不能上了。我去医院跟医生买安定，医生说精神类的药不能多开，一次只给我三片，在我的百般恳求下，医生卖给了我七片。在安定的陪伴下，我勉强度过了几个恶魔般的夜晚。

一周后，连起床都变得十分困难，什么刷牙、洗脸对我来说都是很大的任务。就这样，我依然坚持了两个月。"五一"小长假期间，我在家人的陪伴下去医院做了全面检查，但结果都是正常。后来，我听从医生的建议，到精神科做了检查。诊断结果是我得了抑郁症。

　　医生嘱咐说，从第一颗抗抑郁药进入嘴里算起，至少要吃一年才能停药，患者必须一个星期进行一次复诊，这样才能根据病情确定药量的变化。在吃药的每一天里我都期待奇迹能够发生。一天、两天、三天……已经吃了一个月的药，还是没有好转，洗个头发还得考虑三天，下趟楼都得想一上午。已经10月份了，我以为我这堆死灰再也没有复燃的机会了，所以对自己放任自流：如果不想吃饭我不会勉强自己，不想洗漱我就披头散发，不想说话就缄默不语。大约又过了一个月，突然有那么一天，我发现下楼好像没以前那么累了，又过了几天，我感觉我能看一会儿书了，难道病情要好转了？我开始反思这些天的病痛，并阅读有关抑郁症的书籍，虽然读起来还很困难，速度也很慢。在看了李兰妮的《旷野无人——一个抑郁症患者的精神档案》和武志红的《心灵的七种兵器》等书之后，我才得知其实这一路上的争强好胜，一直都是在压抑自己，那些压力没有释放的机会，所以抑郁症的爆发让我积压多年的东西才得以宣泄出来。

　　就这样，又过了几天，我居然发出了生病以来的第一份电子邮件。此后，心情也一天比一天好，虽说有时也会反反复复，但还是有进步。慢慢地，我也愿意让自己多走一会儿路，多看一会儿书，多跟人聊一会儿天……两年过去了，现在的我过着和正常人没什么两样的生活，重新补上了上学的课程，顺利毕业，而且找到了工作，更高兴的是也觅到了终生相守的 Mr Right。

坚持治疗同样是艰难的挑战

从 8 月 15 日看病至今，服药整 50 天。在这期间，发生了好多事情，它们使我深刻明白了"坚强"这个词。有些时候，就是因为自身的懦弱，才使自己和身边的人陷入深深的痛苦之中。既然我已经是个成年人，就要明事理，不要再给亲人增添烦恼。虽然自己的内心还在痛着……

服药的第一个星期，我不想哭不想笑，完全处于一种麻木的状态，还伴有恶心的感觉。当时觉得自己的病是不是好了，是不是不用吃药了？按照医生的嘱咐，一周后去复查，医生简单询问了用药情况和身体感受。我问医生是不是可以停药了，因为自己已经没有想哭的感觉了。然而，出乎意料的是，医生非但不同意停药，而且向我说明了吃药的各个阶段——急性期、维持期、巩固期——我粗略算了一下，最少也得一年，甚至一年半的时间。我的情绪低落极了，心已沉到了谷底：漫长的服药期在等待着我，而且医生说如果在服药期间复发，那么前面的治疗清零，时间重新计算，而如果治疗效果不佳，可能会终身服药。

我不相信自己真的病了，我难以接受这样的事实和痛苦的服药经历，欲哭无泪，欲言又止。因为恶心难耐，医生推荐我吃进口药，说是副作用会小些。换了进口药，真的不再恶心了。但在之后的一个多月里，我失眠、出汗（晚上睡觉醒来，前胸后背都是汗，睡衣都湿透了）、感到疲倦、白天嗜睡。我仔仔细细地阅读了说明书，知道这些都是正常的副作用。但正是这些副作用，使我的生活完全乱了。

到服药的第64天，虽然和50天只相隔了两周的时间，但我感觉情绪发生了很大的变化，心理状态好了很多。但是，在这期间，我又出现了便秘的症状，用了很多物理疗法去克服，算是有些疗效。之前写这篇文章，并不知道青音写书的事情，只是为了记录自己治疗的经历，想要等到康复后，把所有的经历发到网上，坚定其他抑郁症患者的治疗信心，因为同为患友，我所做的只能是这些。

回想起自己的得病经历，感觉问题出在自己一贯要强，想把事情做好的性格上面。年轻的我欠缺的一堂课便是——学会如何面对失败和压力，还好自己能够正确看待抑郁症，及时就医，使病情得以缓解。治疗到现在，最深的感触就是：真正能坚持治疗才是面临的难题。

路，很长，无论是治病的路还是我接下来成长的路。我，依旧懦弱。希望未来的某个时刻，我可以坚强，信心满满地接受生活中的一切！

说自己是抑郁症需要很大勇气

没错，我也曾是一个抑郁症患者。我今年19岁，客家人。小时候和父母一起生活过两年，12岁之后来到珠海求学。因此，从小学开始，我就必须要靠自己解决问题，大到出车祸，小到交学费。所以和同龄人比起来，我的心智相对成熟一些。在同学的眼中，我就是那个可以把自己的生活处理得很好、学习很好的知心大姐。

其实从高一开始我就失眠，但情况还不算严重。有的时候晚上睡不着就会哭，哭着哭着就能睡着了。要是在这个过程中被别人惊吓了，我就会一直胆战心惊，接下来一个星期的睡眠质量都很差。上了高二，情况变得更加严重。经常睡不着，已经不能靠眼泪来入睡了，而是哭到窒息，然后跑到厕所里面给父母打电话，得到安慰后才能勉强入睡。有的时候甚至会整晚都睡不着。看别人时，都觉得别人对我有意见，一个人的时候就超级低落，总是想哭。睡着后，一旦有一点点声音，我就会被惊醒，严重心悸，流泪烦躁，然后一晚都睡不着。

我的成绩也一点一点开始下降，不管自己怎么努力都无法回到原来的水平。于是我更加烦躁，情况一步一步恶化。直到有一天，同宿舍的两个同学晚上窃窃私语，把浅浅睡着的我吵醒了，我哭了一晚。第二天，我精神崩溃，主动和妈妈提出，我想去看心理医生。那时候的我，已经无法吸收、消化老师在课堂上所教的东西了。

到医院之后，我做了一个心理测试，和心理医生聊了一会儿，内容不记得了，就记得我一直在哭。后来妈妈和医生单独在房间聊了很久，出来之后妈妈眼眶很红很红。她把我拉到阳台抱着我，我哭得很厉害很厉害。长这么大，我第一次靠妈妈那么近，也第一次体会到所谓"天崩地裂"的感觉。妈妈没有告诉我诊断结果，医生叫我休学，接受一段时间的治疗，我拒绝了。在之后的那段时间里，我开始服用医生开的药，睡眠质量得到了一定的改善。后来复诊的时候，我看到了药单上的诊断：抑郁障碍。其实在这段时间里，我有偷偷地看药上的说明，但是没有看懂。当看到这四个字的时候，突然有一种世界崩塌的感觉。几天后，我偷偷地把药给停了。每当妈妈问起的时候，我就说今天已经吃药了。其实停药之后，我的睡眠质量还是很差很差，不好的想法总是会偶尔出现，特别是高考失利之后。

青音姐，我不知道你说的那个大面积烧伤的演员到底是谁，但我是一个大面积烧伤演员的粉丝。在灏明复健的800天里，我一直都在为他祈祷。在恢复的中期，他也得了很严重的抑郁症。后来我也有一点点体会了。我很佩服他有说出来的勇气。之前我总觉得即使得了这个病，说出来也没有什么的。可是，除了身边最最要好的一个朋友，在其他人面前我全都说不出口，不是觉得丢人，只是觉得说出来或许会让别人觉得很奇怪。我妈妈在情绪上也有一点点问题，不知道是家族遗传还是自身原因。

抑路碎语：抑郁症我不怕你

一个叫史铁生的人，用残缺的躯体，说出了最为健全且丰满的思想。他体验到生命的苦难，表达出的却是存在的明朗和欢乐。

抑路迷惑

2000年的第一天，是一个可以载入我的史册的日子。在这一天，我倒在了人生的跑道上。这一倒，就是15年。从此，除了跟医生打交道，我与外界的一切失去了联系。暴汗如注，汗出得让人不能寐；寒冷入髓，没有什么东西能阻挡寒冷的感觉；腹胀如鼓，胀得装不下一粒米饭。我奔波于武汉各大医院，做了医生所能想到的各种检查：没病。有的医生说，你是植物神经紊乱，要心态平和，自己调节，不要想太多；有的医生直言："你一看就是个小心眼，不要担心老公在外面有情况。"

终于有一家医院告诉我，我得的是抑郁症。在那家医院，我邂逅了许许多多跟我一样查不出器官上有任何毛病的人，他们都是抑郁症患者。有一个60岁的婆婆，得病16年，一直与疾病抗争，很会跳肚皮舞。她告诉我："不能光跑，还要练身体的柔韧性。"我震撼了：这样的人怎么会得抑郁症？

我还是不能说服自己接受我是抑郁症患者的事实。在朋友的介绍下，老公将我送进了武汉精神疾病研究中心。这里有一个专门治疗抑郁症的科室。很幸运，就在我依然执着于死，准备选择另一种绝对可以死去的方法时，一位很有经验的老医生根据我的诉说，为我制订了一套全新的治疗方案。病情很快得到了控制。在治疗的过程中，我与这位医生成了朋友。我反复问他："我的肌肉锻炼得这么结实，病怎么还是好不了？"医生说："因为你是精神性的疾病。"我再问："我觉得我的病跟精神没有多大关系，倒是跟天气有关。"教授说："是的，当气温升高或降低，这个病就会发作。"

更为有趣的是，有一个患者对医生说："我好了，能不能停药？"医生说："不能停药，它具有很高的复发性，自杀率相当高，每年约有20%的抑郁症患者走上自杀的不归路。"可是，这些药吃的时间长了也会失效，一旦身体产生了抗药性，就时刻会有复发的危险。随着2013年酷暑的来临，抑郁症对我展开了全面攻势。

当你知道一种疾患是什么的时候，你就知道它的凶险了。以前只是抑郁症躯体化，可在这个酷暑，我的精神也抑郁了。精神抑郁的折磨远远甚于躯体抑郁的折磨。如果说曾有的一次自杀经历告诉我，抑郁症很厉害，它的自杀率远远高于其他所有疾病，那么这一次的复发，让我明白了抑郁症患者为什么会选择死。

抑路奔跑

面对抑郁症一轮胜似一轮的进攻，我心惊肉跳，噩梦连连！然而，抑郁症不相信眼泪。你即使把眼泪流干，甚至将身体里的水分都通通流尽，抑郁症也不会对你垂怜。

我最初的抗击抑郁的方法是站桩。因为不能出门，因为怕风，我只能待在家里。两膝微蹲，似坐非坐，最初只能站三分钟。每天加一点，每天加一点，我能站一小时。每天站三次，边站边织毛衣，后来是边站边做十字绣，边站边绣鞋垫儿。一站就是十几年。每次站完都能微微出汗，对身体确有不小的帮助。

在家宅了一年之后，不是那么怕风了，老公建议我出门走一走。与其说是走，不如说是一步一歇。别人十分钟走完的路，我磨蹭了一个小时才走完，回来就倒在床上不能动弹。但能出门走一走，我感到莫大的幸福。一个月后，体力大增，我开始小跑。半年后，我能绕着操场跑二十圈，每圈三百米。日复一日，年复一年，膀子跑粗了，肌肉跑结实了，但病依然如故。2013年的酷暑，当抑郁症再次向我展开全面攻势时，我已完全失去了战斗力，脚一步都不想挪。就在我准备束手待毙，俯首就擒时，网上的一条新闻燃起了我的希望之火。

一个抑郁患者，为了抗击抑郁，跑了马拉松。于是，我找到了组织——马拉松吧，并加入了马拉松大学。起步往往是艰难的，特别是在病情复发时。当我再次置身于那熟悉的跑道时，我挪不动脚，每一步都艰难无比。第一天，一圈；第二天，两圈；第三天，三圈；第四天，四圈。我欢欣，我鼓舞，我继续奔跑了。一个星期之后，我的速度有所增加，关键是我不再感到那么吃力了。

三个月之后，我竟能跑八圈。2013年的最后一天，我跑了十圈，以半马的成绩向过去的一年告别。我给自己定了一个目标：2014，我要体验一次全程马拉松。我实现了这个目标，虽然在跑的过程中有时感觉很难受，但跑完后整个人感觉酣畅淋漓，用一个字形容——爽！

抑路冷水浴

就在我了解了抑郁症的真正面目，不停地瑟瑟发抖时，一条最新的科研成果挽救了我——冷水浴可以抗击抑郁。每天两次6℃–8℃的冷水浴，可以激发交感神经释放内啡肽，从而达到消除抑郁的效果。于是我在网上狂搜有关冬泳和冷水浴的知识。冬泳没有这个条件，我是个旱鸭子，但我可以创造一个近似冬泳的环境。常年用于泡热水澡的大木桶派上了用场。只要不感冒，我就有信心继续冷水浴。有一次，有点感冒的感觉，我犹豫：是洗还是不洗？终于扛不住冷水浴后舒爽的感觉，毅然蹦到了桶里。真奇怪，不仅感冒没有加重，而且面部发凉的感觉消失了。上网一查，果然，只要不发烧，可以冷水浴。在与命运的搏击中，我终于占了上风。我骄傲地昂起头，傲慢地逼视着它：命运，你不过如此！

十五年困于斗室，蜷缩于病榻，我有足够的时间咀嚼生命，有充分的机会洞察生死。然而，我最终带着一丝高傲、几分幽默和许多关心，将绝望烧成灰，轻轻踏在脚下，迈过去，心中还是一样的海阔天空。虽然，我仍然没有完全摆脱抑郁症的纠缠，但我已有足够的力量和信心对它微笑：抑郁症，我不怕你！

抑郁症感悟

2014年10月21日 23：15

此刻，夜已经很深了。我像往常一样，打开青音姐的微信公众平台。生病以来，仿佛只有这里才能给予我的内心短暂的平静！

当我看到青音姐微信公众平台上关于"和青音姐一起写有关抑郁症的故事"时，心里有些许冲动。"如果你是抑郁症的亲历者，如果你是陪伴过抑郁症患者的家人……那么请把你的故事、经验、建议、呼声告诉青音姐。"字字冲击着我的心。生病以来我已经很少或者说很惧怕写东西了，因为我的大脑经常处于一种木讷、木僵、疼痛的状态，不知该如何组织语言，不知道要写什么。但是，现在，就是现在，我想把我的亲身经历分享给大家。对自己来说，这是一份心灵的释放；对和我一样正在饱受病痛折磨的患者来说，这是一份分享，一份心灵的慰藉；对正陪伴在抑郁症患者身边的亲人和朋友来说，这是一份认知，一份帮助，希望他们能更好、更快地陪伴这些患者走出人生的最低谷。

2011年4月初，我26岁，是一个有一份稳定工作，会点小投资，有点零花钱，每天想着和好朋友去哪里吃吃饭、逛逛街，憧憬一下未来幸福两口之家的女孩。但因为周围的同学、朋友大都结婚了，再加上自己也到了适婚的年龄，在亲戚朋友的婚礼上经常被长辈询问，什么时候能吃到自己的喜糖，所以倍感压力。

终于，在一次经人介绍后，我认识了一个男孩，他很细心很会照顾人，没过多久我们开始交往了。在这段恋情中，我由一个自信的女孩被扭曲成一个不是我的我，只为了赢得他的肯定。那个时候的我真的很扭曲，像着了魔一样，甚至都希望地球毁灭，有些朋友看到这里可能会觉得我很傻，不能够理解。既然都已经这么痛苦了，为何还不分手？可是，我想说的是，那个时候已经不是恋情了，我更像是一个要强的小孩子，为了取悦不认可自己的大人，通过不断改变自己，甚至扭曲自己，委曲求全地换来大人的一点点肯定，这是一种病态。

说来也可笑，正因为我既有理性的一面又有感性的一面，所以才会夜夜睡不着。一到晚上，那个理性高傲的自己就会出来指责另一个委曲求全、不断尝试，甚至不惜丢掉自尊去争取别人肯定的自己。就这样，因长期睡不着觉，连轴转了几天后，大脑终于停不下来了，我总是在不停地想事情，同时伴有心慌、坐立不安、焦虑、胸闷憋气等症状。母亲也很着急，赶忙带我去医院看病，我被确诊为中度偏重度抑郁症。医生给我开了药，说是心灵感冒，两个星期就好了，于是我满怀信心，每天按时吃药，每天数日子。但是时间过得很慢很慢，在那两个星期里，我更像是身处炼狱，承受着种种煎熬。我每天都被病痛折磨着，我看不了电视、看不了手机（因为注意力没办法集中，我甚至连一段简单的短信都读不下来），更不愿意和人见面，我切断了和外界的一切联系，平时爱美的我，变得不愿意洗澡、洗脸，甚至不愿意上厕所（因为在做每一件事情的时候，我都会重复地想，要分几个步骤去完成）。

　　举个简单的例子吧，比如洗澡这件在常人看起来最平常、最简单的事情，在我这里，我就会不断地想：第一步要先脱衣服，然后放水，然后把头发弄湿，放洗发液，然后洗揉，冲水，然后是四肢，然后……细得不能再细，而且思维很慢很慢。洗脸也是如此，所有的事情都是这样，我快被逼疯了。

抑郁症不是傻子，所有的不正常状况我都明白，但是它就是这么每天、每时、每刻地发生着，让我感到一种莫名其妙的恐惧。当人处于一种无法掌控自己，也无能为力改变自己的现状，并对未来不抱任何希望的状态时，那才真的是一种彻底的绝望。更可怕的是，抑郁症患者在性格特质上普遍是完美主义者，敏感、要强，对自己严格要求，当他们处于这种病痛中时，就更无法接受这样的自己。同时又觉得对不起父母，觉得自己很丢人，别人肯定会在后面指指点点"这个孩子傻了、疯了"，觉得自己对不起任何人，仿佛世界一切的错都是源于自己，这就是医生常说的抑郁症症状之一——自责。还有，我的大脑经常会出现一些奇怪的想法，比如，人为什么要挣钱啊？挣完了花、花完再挣有什么意义啊？！人为什么到点都要去睡觉啊？人为什么每天都要洗脸啊？好烦！什么时候是个头？

其实，我得这个病这么久了，现在才明白了很多，这大概就是感受快乐的活跃因子没有了，一切对我而言都不是一种乐趣，反而是一种无谓的循环和麻烦！两周过去了，我的病情并没有得到好转，我对于一切事情就是既不感到兴奋也不感到难过，没有一点点感觉，只是吃了医生给的药能睡觉了（之前吃3片安定都睡不着，大脑静不下来）。

这个病伴随我已经快四年了，在这四年里我走访了各大专科医院（安定、北京六院、回龙观医院等），也做了一段时间的心理治疗。虽然病痛依然伴随着我，但是我相信朋友说的一句话——努力是个厚积薄发的过程，当一切都在一点点地努力时，总有一天会见到阳光。

下面介绍几个我自己总结的小经验。

1. 生病了就要去看医生，按医生的诊断吃药，虽然它不会像别的病吃了药马上就能缓解你的症状，但它是必不可少的，因为你的大脑缺少一些元素（5-羟色胺、多巴胺、去甲肾上腺素）。

2. 如果条件允许，可以养一只小宠物。在我生病后的第四个月，我从宠物店带回来了一只狗狗（之前很怕狗的），这样做的好处在于，可以唤起对小生命的爱心，可以逐渐培养兴趣，可以给它们买小衣服、零食，给它们洗澡、梳毛，陪它们散步，等等，有很多事情需要你去做，虽然看起来很麻烦（其实想想都会觉得）、很辛苦，但它会带给你很多意外的惊喜和收获。

3. 打手机小游戏，比如祖玛、找错都可以，它可以训练你的注意力和反应能力，但要注意适当休息，毕竟我们也要注意眼睛的健康。

4. 下载一些家庭情景剧，从电视剧中寻找一些生活中的乐趣。

5. 旅行，换一个环境。旅行也是一种人生经历，从自己熟悉的环境中抽出身来，给自己的心灵放个假。

6. 锻炼身体，例如，骑车、散步、做家务，但是要记得做一些力所能及的（毕竟是在生病）。

另外，想对正陪伴着抑郁症患者的朋友们提点小建议。

1. 希望能够多读关于抑郁症的书籍，注意是要有甄别地去看，将一些理论知识和实际情况结合起来，找出适合患者的一些方法。

2. 要有人陪伴，抑郁症患者对于社会和团体有一种逃避，与其他人相隔绝。在这个时候，需要有人陪伴他们：一是为了保障患者的安全，一是为了减少患者的孤独感。

3. 陪伴者要有爱心，去关爱患者，当然这种爱要掌握好度，不能够让患者感到是由于自己患病了才得到关爱。另外，过度的关爱也是一种溺爱。

4. 陪伴者要有耐心。通常，抑郁症患者做事延缓，对事情没有任何兴趣，害怕带给其他人麻烦。这时陪伴者需要去寻找新的兴趣点，去发现一些生活中的亮点，去告诉抑郁症患者"你在我们的生活中不可或缺"。同时与抑郁症的抗争可能是长时间的，所以陪伴者需要自始至终保持正确的心态，去包容他们，去和他们一同寻找生活的乐趣，要坚持不懈。

5.陪伴者要有信心。陪伴者的信心和对生活的积极向往会通过与抑郁症患者的交流，在日常生活中切实地传递给患者，让他们感受到，让他们不再恐惧。

最后，我呼吁社会普及抑郁症的知识，让更多的人关注抑郁症。希望更多的人能够理解、包容抑郁症患者，不要用歧视的眼光看待这个病，多多给患者一些宽敞舒适的空间和适度的关爱。

（二）爱，是最好的陪伴：抑郁症患者的家属叙述

对抑郁症的后知后觉让悲剧发生了

我曾经经历过至亲因为抑郁症而自杀。

小的时候，我爸脾气暴躁，经常打骂我姐，印象里我姐从来不跟我爸说话。我妈文化水平低，对我俩的管束仅局限在吃穿方面。在这个家庭里，很少能听到心声。我姐一直不甘心待在这样的家庭里。她上小学的时候，因为家庭条件不好，遭到了老师的侮辱和同学的冷漠对待，这些在她长大后的聊天中经常提起。于是她选择去外地上大学，每年回来一次，只待两个星期就回去。

毕业后我姐在南方工作了一年多，不知道什么原因，她回到家乡，陆续找了几份工作都不是很满意，跟我说同事排挤她，最后就不工作了。我俩在外租房子住，这时候她就有些不正常了。半夜把我叫醒，说这房子有问题，她做梦梦见这里死过人。后来，她就不爱说话了，在外一天也不知道去干什么了。之后她产生了幻听，说

别人都在议论她，感觉自己的后背好重，像有东西压着。我带着她去看心理医生，医生说她过度焦虑，有自杀倾向，要定期去做心理咨询；可是她去了两次之后就说自己好了，过了一阵子她自己去医院，医生说她得了抑郁症。我当时觉得这个病没有多严重。

后来，她回家住。我每星期回家看她一次，她面色很憔悴。她去了几家美容院想把斑去掉，结果事与愿违，她因而对别人彻底失去了信任，每天看到自己的脸就黯然神伤，因为她最在乎自己的形象。再回去看她的时候，她把自己锁在屋里，不愿意跟我说话，手机也不再用，自己在屋里做饭或者吃零食，夏天的时候还穿着毛衣。邻居家一个大姐让她信一个东西，一开始还好好的，之后我姐就说那个人把不好的东西传给了她，她要找他们算账，把人家玻璃砸了，我爸又骂了她。见她最后一面时，她像孩子一样向我哭诉：自己怎么会有这样的父母。

几天后，她与邻居发生冲突，扬言要杀他们，邻居报警了，我爸又打了她，我姐就跑了出去。父母以为她来找我了，可是她没来。第二天早晨，警察给我打电话说我姐自杀了！

自己的后知后觉，父母的不管不问，让这个悲剧发生了。我千万次地责怪自己为什么不早点带她去医院，责怪父母为何让她跑出家门。现在，有了这段经历之后，我更加关注抑郁症，对这个问题也有了自己的感想。

首先，心理咨询的普及还有待提高。仍然有很多人对心理咨询存在偏见。专业的心理咨询机构也太少。

其次，对抑郁症患者的关爱要更有针对性，最好是由患者信赖、在乎的人给予他们更多的陪伴和倾听。

最后，父母的教育也有待改善，父母应该与时俱进，而不是用老思想去看新问题。我爸妈一直说我姐太有个性，因此对她放任不管，其实她也需要父母的管教和呵护。

聆听她的倾诉

2013年上半年，姐夫开始出现严重的失眠症状，心情低落，不爱吃饭，没有食欲。姐姐陪姐夫去了很多市级和省级医院检查，都以为是胃病，求中医看西医，都没有明确的诊断证明，吃了很多药也没有见效。一个人被胃病折磨得骨瘦如柴，让人很心疼。最后北京的一个老中医建议姐夫可以去看看精神科，也许会有收获。他们抱着试试看的态度去了市级精神医院，专业的测试结果显示，姐夫是中度抑郁。按医生的诊断拿药回家按时吃，几个月后，姐夫的情绪开始高涨，仿佛生命中的阳光一下子又回来了，也开始对很多事情保持一种积极的态度，乐观地看待问题。最近几个月姐夫换了工作，每天的生活充实又新鲜，重新找到重心的他开始对生活充满了希望。

但姐姐和姐夫的夫妻关系并没有太多的改变，因为谁也不努力去维系和呵护，谁也不做出一些让步和忍耐，而是任由自己的不良情绪倾倒给对方，针锋相对的结果必然是两败俱伤，感情淡漠。

于是，从2014年初，姐姐的心情也开始持续低落。她跟我说，自己每天都没心情去做任何事情。爱干净甚至有些洁癖的她也没有心思去做家务，连外甥的作业她都懒得去督促，看很多事情都不顺眼，跟姐夫的情感问题也积压得越来越多。我建议她去旅行，她说担心旅途中会出问题，会有交通事故，会疲劳，会花很多钱……还没出门就已经把出门可能或者不可能遇到的问题都想了一遍。而且，很重要的一点就是她没有心情，不开心，什么也不愿意去做。我开始提醒她，因为我知道抑郁症是可以传染的。也许她就是被姐夫传染了。

过了一个月，她打电话向我哭诉：在最近一周的广场舞比赛中，因为自己的失误导致团队的获奖名次降低，而且大家都知道是因为她造成的，不满之声不绝于耳。她很自责，情绪更加低落，并开始出现失眠症状。心情十分沉重的她每天还要装作很快乐的样子去上班、接送孩子、照顾婆婆、承担大部分的家务。她说，自己太辛苦了，眼前看到的都是满目疮痍，一片黑暗，没有未来。幸运的是，她还是很理智地从网上搜索自己的症状，发现确实有点抑郁症的表现，所以并不讳疾忌医的她决定去看心理医生。

一周后，姐姐也被检查出患了轻度抑郁症。她开始吃药。姐姐说，药确实不便宜，每个月大约要吃500元的药物。医生说至少要吃半年以上。最开始的一周有明显的副作用，她说吃饭没有胃口，以前爱吃的食物都没有兴趣了。第二周开始好了一些，情绪也开始回暖。在近期的广场舞比赛中，她们取得了较好的成绩，可喜可贺。吃药第三周姐姐说她没有太明显的变化，期待进一步治疗的结果。在异地，我的关爱方式很有限——每天一个电话，聆听她的倾诉。我想这是我能给予的最好的帮助了。

爱，给了我力量

放松，就像写日记一样。我知道将要写些什么，所以我这样对自己说。

伤疤，不会随着时间的流逝而变得越来越模糊，也不是只要藏着、不去触碰，它就没有影响。对我而言，它是在成长的过程中慢慢显现，越来越痛的。它不是在一个地方，它在每一个地方。伤疤在我的血管里，在我的思维方式里，在我的一举一动里。

我爸爸得抑郁症和自杀都是在2002年，那年我11岁。

一切发生得很快。我没有安慰爸爸，我没有挽救爸爸，我什么也没有做。家庭也从没给过爸爸支持和接纳他的环境，他们都说爸爸是心脏病犯了，给他吃治心脏病的药。爸爸直到病情已经非常严重的时候才去医院，他被确诊为抑郁症。从确诊到自杀，只有三天。

我无法描述这件事带给我的伤痛和巨大的影响。我的自责是从那里长出来的，我的自卑是从那里长出来的，我的骄傲和要强是从那里长出来的。我的性格、我看待这个世界的方式，都是从那里长出来的。

失去的时候没那么痛，痛是后知后觉的。我记得那天晚上的天崩地裂，但那天晚上的我只是在想，妈妈哭得太大声了，我不想听她再那么哭了。我没有像妈妈那样哭，也不觉得伤心，我只是在玩纸箱里的玩具。后来我知道，那叫"防御机制"，因为当时的我承受不了，所以选择了不理会。

痛是从那之后的某个时候开始的。它伴随我上学，伴随我入睡。我慢慢地感觉到爸爸的力量没有了。于是自卑开始滋长。尽管我一直都知道爸爸得病后很痛苦，不是他不要我，但来自于那种被抛弃感的自卑，对于十几岁的我来说，是克服不了的。

在我的记忆里一直有非常清晰的一幕。那是爸爸去世后的头几天，我还穿着守灵的白色衬衫和裙子，下楼的时候碰见了迎面走来的邻居母女。楼道窄，我往左，她们也往左，我往右，她们也往右，错了几次都没错开。然后，那个妈妈对她女儿说："姐姐可怜，姐姐没有爸爸，让姐姐先走。"然后她们站定了，让我走。我低头走过的时候，心里在颤，那位妈妈的话字字打在我的心上。

可能是从那一刻开始，我才意识到，我没有爸爸了。那一刻，也隐隐约约激起了我的自尊心，我好讨厌这种同情，我一定要变强。

也许我的要强，就是从那一刻开始的。而要强的实质，或许是自卑吧。

毕业前，我参加了一个选拔，要在30人当中挑一个，如果选中了，就可以赚到人生第一桶金，我很期待，也很努力。过完年，我接到电话通知，说他们选了我。那一刻，在我兴奋的大脑里竟然闪出了十几年前那个让路的场景……我不希望我的一切努力都是为了换取某种尊严，但我的确一直在追求有力量的感觉。我最害怕被无力感吞没。

所以我一直深深认同一句话：一个人小时候失去了什么，他会用一辈子去寻找，直到找到了为止。

我就待在这样的宿命里。不过现在，我并不把宿命当作是一种奴役，相反，我只是遵循我的心，做我内心需要的事情。我比很多人都忠于自己。例如现在，我选择了一份与我的专业相结合的工作，既能做自己擅长的事，也能填补我内心的缺失。我想，能多帮到一个抑郁症患者或家属，就算是多一分的自我救赎。

爸爸离开我已经12年了，但我发现越长大，反而越会受到这件事的影响：无法控制的眼泪，在深夜撞见的恐惧，在与人相处时内心深处的自卑……这一切长在我身上的疼痛，都提醒我那个伤疤的存在。

不论因为什么大事情、小事情而哭，哭到最后都是在想爸爸。

不管遇到什么害怕的事情，一旦感到恐惧，脑海里就是那个画面：爸爸吊在绳子上，嘴里拖着血。摆脱不了。

上心理学课听老师讲抑郁症的症状，冷冰冰的"一、二、三"，可眼泪直往外涌，怎么也忍不住。

最极端的一次，我也被自己吓坏了。

那是有一天，我和男朋友站在树下等车，突然看到一只从树上吊着丝的虫子，我吓了一跳，男朋友无心地说："没事，这个叫'吊死鬼'！"可能因为对这三个字没有准备，我愣了一会儿，随后大声尖叫，然后在大街上"哇哇"大哭……那一刻的自己丝毫不受控制，就像是崩溃了。

……

只有我自己知道，我逃不开爸爸自杀这件事给我带来的伤害，哪怕在生活中我能说、我爱笑。只有在夜深人静，自己面对自己的时候，我才能清清楚楚地看到：那个伤疤，就在那儿。

我从来不敢翻开这个伤疤，赤裸裸地给人看。尽管与我最亲密的几个人知道，但也只是知道。我不会剥开疼痛请求帮助，我做不到，他们也不会带着这件事来认识我。所以我写日记。从意识到失去他的疼痛，一直写到今天。十几年过去了，今天我已经是个大人了，拥有了属于我自己的新的、美好的东西，但是在痛的时候，还是写日记最让我感到安全。我害怕跟别人说起这件事，也害怕别人开导我。

我算是一个乐于分享的人，但对于内心的痛楚，我放不开。我知道，是我自己潜意识里在拒绝别人帮我解脱。这让人难以接受，不过是真的：我要和伤痛在一起，因为这样我才能和爸爸在一起。我确实因为那个伤疤而痛苦，但如果我不痛了，我就连生命都没有了。感受那个疼痛的时候，我觉得自己存在。

明明很想得到接纳，但是没办法在任何人面前敞开自己。明明很痛，但是不想解脱。这是一种矛盾而折磨人的感受。

然而现在，我把它写下来，这是我为自己做的努力。这么多年来我明白了：想要抹平那个伤疤是不可能的，但至少我可以与它和解。就像我要彻底去掉心里的自责是不可能的一样，我只能跟我的自责和解。

和解的方式是心理学和爱。

心理学帮我建立科学的认知，对于抑郁症、对于我自己的心理困境的认知。我尤其认可精神分析学说。因为精神分析学说认为，人的痛苦都能在原生家庭里找到原因。我觉得我被接纳了，于是我感到安全。每次看心理学的书，获取有关心理学的知识，对我来说都是疗愈的过程。心理学帮我把未知变成了已知，只要已知，我就没那么恐惧了，只要不恐惧，我的内心在很大程度上就能够减少折磨。

爱比心理学更必要。爱是疗愈心灵创伤的最好的方式。爸爸走了以后，我的小家里仍然没有爱和接纳。我常常被人说："你有吃的，有穿的，没爸爸怕什么？"我一哭，就会被这样说。这也是我成长得异常痛苦的原因。所以我最大的幸运就是考到了北京上大学。新的环境可以让我不受牵制地建立新的爱，爱新的朋友，爱一座城市，爱自己的梦想。老天爷好像是为了补偿我，在大学期间还给了我一份很棒很棒的爱情。在这段关系里，我得到了从未有过的爱和支持，在爱里，我不知不觉地接纳自己，原谅自己，也变得越来越有力量。

虽然，爸爸离开的伤疤还在我的身体里时时处处存在着，但是我想我能够慢慢地与它和平共处。就像感受呼吸一样感受它，让它在，和它相处，让它来和去。同时，我会努力培养自己爱的能力。如果童年错过了学会爱的机会，长大了学也不会迟。希望未来的我对那个伤痛不是充满悔恨和恐惧，而是充满爱。

在爸爸12周年祭日那天，我写下了这些话：

如今，我23岁了，距离爸爸离开的时间已经有我人生的一大半之长。在我的记忆里，他会越来越远，却在越来越远的远方清晰如昨日。如果可以，我愿意停在他在的时间，永远守着他。但是我却不能选择地一直往前走。在残酷的时间里，让我永远思念他。

附录 关爱抑郁症公益联盟
出席嘉宾发言

青音：我先介绍一下今天出席的各位嘉宾。首先是两位中央电视台的节目主持人。一位可以说是我们主持人界的前辈，也是很多人喜欢的张越老师。欢迎张越老师！另一位是让我们每天幸福地生活在新闻联播里的郎永淳老师。这位是中央人民广播电台主持人、我们的同行、著名笑星海阳老师。这位是北京电视台著名主持人文文，她的声音如银铃一般。这位是大美女林恒。

海阳：我给大家分享一个故事。我有两个朋友，一个朋友的家境不好，但是他特别努力。他想增强自己的技能，于是他先去了蓝翔技校学开挖掘机，又去新东方烹饪学校学炒菜，不断努力地改变自己的命运。他过得很幸福。还有一个朋友，他学历不错，是非常有名的设计师，设计了很多的公园广场。后来他来到北京，攒了10万块钱，加上他妈妈给的500万，买了510万的房子，但是他抑郁了。刚才看那个短片的时候，有个小丑的段子是我最早接触的。我是1998年开始入行的，那个时候我觉得自己是强迫症，每当看到喜剧和《落叶归根》里的赵本山（很多人看到那种桥段会笑出来）的时候，我就会哭泣；尤其是看到《落叶归根》里让他自己去解决他的小伙伴，他想自杀的时候，我特别理解他。后来，我感觉不对劲，就像青音说的，有抑郁症倾向的人有个心理，就是千万不要跟我说没什么大不了的，即使我也把很多事情看得很开了，但有的时候就是会对自己原来感兴趣的事情不感兴趣了。这该怎么办呢？这是非常可怕的。我在上中学的时候，我的班主任是心理学老师，我跟他聊天，因为我不知道哪里出了问题。老师跟我说，我应该去看心理医生了，但是他就是非常知名的心理医生，他说他不能给我看，因为如果双方是朋友的话做不了心理咨询。我于是去了北医六院，找到唐老师，他给我做了一些测试，测试结果令我特别欣慰：中度抑郁、轻度焦虑。他说，还好这是一个倾向，并没有到非常严重的程度。他给我的建议是应该吃点药了。我这人心态挺好的，有病了就要吃药，从来没有把抑郁当成一件丢人的事情；人家都说得抑郁症的人都是天才，后来我抑郁了，发现这句话可能有点问题。

　　之后，我用了一段时间的药，中国有句古语叫"一语（抑郁）道破天机"，我一直到现在还会经常给自己放假，在生活中我对自己的要求有时候没那么苛刻了，我觉得这可能也是药物的作用。

比如，我找了一段时间去马尔代夫、去韩国、去澳大利亚，享受阳光；因为会回忆很多事情，所以在这段时间我会写日记，让自己沉淀下来，所以就写了一本书，也把这本书献给了公益组织。当你发现自己有些问题的时候，首先你要接受不完整的自己，这是第一步。第二步，身边的家人和朋友应该正视他们，就像刚才的短剧一样，其实他不需要你过多地关注他，他需要的只是一种陪伴和接纳。我觉得除了看医生、吃药之外，还有一个非常好的办法，就是看郎老师的新闻联播。

医生说我是一个非常没心没肺的患者，药可以减量，定期去聊天。每天看一个小时的喜剧，像我的同事经常说："海阳你不行啊，你一天就消耗完了别人一年的快乐，不断地让别人开心，已经很难让自己开心了。"这是挺痛苦的事。

张越：海阳是现身说法，他是抑郁症患者，我是抑郁症患者的家人，我妈妈是抑郁症。所以我想让大家了解一下抑郁症患者他们是什么样子。比如，我们认为抑郁症患者一定是像海阳这种对自己要求很高、特别优秀的天才，工作压力很大，最后想不开就抑郁了。我妈是退休后得的抑郁症，她一个退休的人，没有任何工作压力，也不是因为退休产生落差，她没有压力，家里也没出事，家人都听她的，孩子也不给她找麻烦，什么事都没发生，她就得抑郁症了。所以抑郁症不是大家以为的那样，必须得出事了，小心眼想不开，不一定。什么事都没有她就能得抑郁症，可能她在这之前的很长一段时间就有症状，咱们实在是不了解，全都忽视了。她最后的爆发是她看上去全都是生理疾病，先是心脏病，但是到医院怎么查都没毛病，之后又是肾炎，来回看病，最后那些器官都没病，但是所有症状是这个人不是装病。这种病非常奇怪，器官没坏，但就是说不清道不明。后来我慢慢了解了，她是抑郁症。抑郁症是这么回事——她永远不高兴，浑身散发负能量，充满了抱怨。比如，您很想孝敬父母，让父母过得好、高兴、为孩子感到骄傲，但不管您怎么努力，您妈都不乐意，永远对您不满意，而且对这世界上一切事都不满意，您怎么把最好的献给她她都耷拉着脸。您单位的同事可能觉得她是事儿妈、耍大牌、各种讨厌，但其实她是一个病人。

　　所以事实上，我跟抑郁症患者打交道这么多年，一开始还特爱鼓励人家，我使劲跟人家聊，后来有一天忽然发现了这个人的症状，就觉得你说她干吗啊，现在顺着她就行了，不要老给她做思想工作。所以抑郁症患者挺可怜的，据说被辨识出来得抑郁症的只有30%，也就是说有很多抑郁症患者在咱们身边咱们不知道。我愿意支持这个项目，就是因为抑郁症患者特别特别可怜，她的可怜在于：第一，她特别难受，她的难受是说不清楚的难受，然后是睡不好觉，和人打不好交道，和家人不合，心理别扭，生别的病能得到好处，得抑郁症是得不到任何好处的；第二，不敢说，说出来人家认为你事儿多，觉得你们家人之间的关系肯定有问题，不和谐，等等，实际上你得到的都是负面反应，因此你不能把抑郁症症状表现出来，坚决不承认，不去看病，时间越长病得越严重。特别可怜的是我好不容易承认了，我对这个病有认知，我要好好看病，您不一定看得起，抑郁症的药不在医保里，心理咨询的费用全是自费，绝对不是我准备五千块钱就能看好的，这个过程非常漫长。因此很多人想治但治不起，或者我治得起但不一定找得到好医生。我们国家对这个病的认知太窄，心理医生刚刚处于培养阶段，北京、上海这样的大城市还好，其他城市更难，小地方就更难，没有心理医生。我见过一些所谓的心理咨询师，基本上就是告诉你退一步海阔天空，家和万事兴。所以你要看还找不到好医生，这就是现在抑郁症患者的处境，需要救治的面很大，但是现实又不提供。

比如说崔永元大大方方说自己是抑郁症，得到很多诊治，而不好意思说的人就会很惨。我听到别人对抑郁症患者的评价大多是事儿多，所以抑郁症患者不敢和人家说。我周围的朋友也有得抑郁症的，我的采访对象里得抑郁症的人也非常多，特别可怕的是抑郁症群体越来越年轻化，很多是学生抑郁症患者。有的患者找到我的办公室，在门口不走。可是我没有办法，帮不到他们。总的来说，我想跟大家说的是，第一，我们觉得自己有什么不对劲，没什么难堪的，那就是一个病，大脑里某个激素分泌不旺盛，吃点药让它旺盛就是了，不难堪这个事。第二，周围有人得病了不要去琢磨，其实特可怕的是你琢磨他，发生议论；你别琢磨，他就是病，你一分析、一琢磨人家就成错了，就没脸治病了，所以我们不要议论抑郁症患者，不要给他们施加任何压力。抑郁症患者在有可能的情况下要自己调整，如果有条件的话积极向他人求助。如果你觉得生活中总有东西给你带来负面影响，那就稍微隔开点，就是这样一个过程：我们能认识它，我们能善待它、理解它，我们国家慢慢地对这个病有更多的重视，医保里有更多的涵盖，我们社会培养出更多帮助他们的医生和专业的社会工作者，就会好很多。其实它没有多可怕的，不是不能治，只是大家不认识，如此而已。

杨昶：找这么多名嘴做联合发起人，一开始我还觉得奇怪，现在我明白了，再次感谢张越老师。郎永淳老师，您的经验是什么？

郎永淳：我不像海阳是得过抑郁症，也不像张越家里有抑郁症患者，我是担心我们家孩子因为竞争压力过大，将来会不会得抑郁症。今天早上起来的时候，跟他通过微信视频——美国是9月26号，9月26号是他的生日，在中国已经是9月27号了。他妈妈跟我微信，说不用担心，给孩子找了个心理咨询师，因为他最近好像情绪有点低落。前段时间托福考得不错，相当好的一个成绩了。但是最近一次考试他的几个小伙伴中，有一个小姑娘考了111分，一个男孩考了114分，他们的目标是一致的，这让他感觉压力特别特别大。我想起去年他在人大附中上课的时候，初一下学期的期末考试考完语文，有一道选择题，他一开始填对了，后来改错了，这一道题是2分。他在和他妈妈对这道题的时候说做错了，下了车非常郁闷，就在小区里溜达，他妈跟着他。他说就这2分我就会掉到25名之外。这是现在孩子学习的压力。我曾经是班长，12点半呼机响了，说赶紧回来，我说怎么了，说班里出大事了，今天上课的时候，我们班年龄最小的女同学直接从楼上跳下来了。她是我们班里面年纪最小的，也是最要强的，专业课也是当时我们班里最好的，在学了不到一年后，她最后选择了这样的路径。我事后分析过她，离开是抑郁症非常直接的表现。

　　我记得有一天晚上上晚自习的时候，突然听到研究生楼一个声音"啪"，一个师兄选择了轻生。最后老师说他得了抑郁症。有一天早上我的一名老师在我们跑步的时候也选择了以这样的方式结束了他的生命，他是因为家庭的矛盾。所以，对于我而言，我觉得在我身边有特别特别多这样的惨痛的教训和事例，我就希望我们能够在心理上支持他们一下，在专业的知识上帮助他们一下。这是一个心理的疾病，不管是心理的疾病还是生理上的疾病，我作为一个专业人士，我想跟大家建议的是专业的事一定要让专业的医生来解决。在我们的身边有特别特别多的讳疾忌医的情况，也有很多的有病乱投医的情况，还有一种就是因为家境困难，看不起病的这种情况。我们有了这样一个公益组织和公益行动，就能够号召更多的人不要去讳疾忌医，敞开心扉；不要去有病乱投医；如果你在财力方面有很多问题的话，可以找相应的公益组织帮助你，更好地解决这个问题。

　　四年前我突然得了一场大病，其实生病不是一件可耻的事情，当你不敢去面对它，那才是真正的可耻；当你勇敢地去面对它，找到合适的途径，可能对自己、对家庭、对社会会非常有好处。感谢青音和我们这么多的朋友一起来分享对于抑郁症的认识，尤其是专业的知识，我们也希望通过发起这样一个公益联盟，能够帮助到更多的人，谢谢。

　　文文：特别感谢青音，我也没有想到，外表这么柔弱的青音有这么大的能量，今天能召集这么多人一起来关爱抑郁症，来面对抑郁症，真的是让我感觉到很高兴。我跟青音的接触只是一次访谈，但那次访谈让我们彼此都知道，我们是可以成为朋友的。我们用眼神交流，她的故事让我潸然泪下，我也知道抑郁症这个病有这么多的表现形式，这都是青音带给我的很多知识。在这之前我看到一位老师说过的一句话，19世纪最大的病是肺结核，20世纪是癌症，21世纪最威胁人类的病是精神病。当然抑郁症是精神病的一种，我这才知道这个病是多么多么的严重。刚才几位老师特别真诚地结合了自己的经验，谈了谈这个病，似乎不结合自己的经验就好像没那么坦诚。我还没有走出抑郁症。我原来是个少儿节目主持人，而且在电视台做到了最好，突然间风云突变，让我不能再主持少儿节目了，没有任何原因和理由。我原来的梦想是做文文奶奶，后来没想到就戛然而止，当时是要去做一档娱乐节目，我很不适应。但这不是最重要的原因，最重要的原因是我家里出现非常大的变化，我的姐姐突然间非正常死亡，这给我们全家带来了特别沉重的打击，尤其是我的父母，大家知道，白发人送黑发人。原来我是家里的快乐天使，但我无法从这件事情中解脱，这是一个很大的遗憾。后来单位上出现了一些事情，家里又出现这样的变故，那段时间我也不知道这是抑郁症，反正出现了各种反应，睡不好觉、失眠、厌食，等等，再加上我特别好的朋友——我们北京电视台的冯子薇，是不是"物以类聚，人以群分"我不知道，但我们都有同样的症状——当时也受了很大的打击，我觉得自己就要崩溃了。突然之间发现我们主持人都遇到了类似的问题，都遇到了家庭的变故（当然变故是不同的），那个时候才发现自己好可怜，拿起电话不知道打给谁，也不知道向谁倾诉，几千个电话号码，你一个也打不了，如果那个时候认识青音就好了。可是，在别人眼里你是快乐天使，你不能抑郁，你不能这样，而且我家里出了这样的事情我还不能说。每周七场的"七色光"，我在镜头前笑得多开心，我回到家就有多么痛苦，只有哭，趴在被子上放声大哭。我天天在想自己从楼上跳下去会是什么样的感受，那段时间我真的开始设计我怎么死了，后来我想我不能在我爸爸妈妈走之前走，如果让他们雪上加霜再失去一个女儿，我就太不孝顺了。

有一部片子叫《和谐拯救危机》，这部片子可能很多人看过，但是对我尤其有效。我看完以后才知道，很多事情不是你一个人能左右得了的。通过这个片子我读了《弟子规》，看了《千字文》《百家姓》，我不知道是不是老祖宗的这些经典对我发挥了大作用，我从《弟子规》里看到"凡是人，皆须爱。天同覆，地同载"。我知道很多人都需要爱，在得到爱的时候付出爱，帮助抑郁症患者，我认为这就是爱。所以我虽然离开了少儿频道那个舞台，但是我毅然决然地出了《弟子规》《百家姓》《千字文》的光盘，我觉得自己从中受益了，我要把这个受益加倍还给社会，还给孩子。这些东西都给了我正能量的反馈。这是我的一个办法，确实很有效。

现在这些已经过去了，虽然想到时还是会痛苦，但是我感觉我已经在对面看我自己，很清晰地看着我自己的举动，我现在站在对面看文文，文文是这样的，这些方式都很好地帮助了我摆脱那种痛苦状态。再加上我认识了青音，我又有机会跟青音一起去践行这样一个正能量的、关爱抑郁症的方式。我认为践行的过程也是治愈自己的过程，我们是一起的，我们要一起面对，我们一起去治疗这个病。它其实不可怕，我能够走出来，那些事情都不算什么，希望有机会能够和青音一起。就分享到这里。

林恒：其实我今天主要是来学习的，刚刚文文分享自己的事情，我就想到了我跟青音姐做的访谈节目，做完以后相见恨晚。从此以后常联系就成了好朋友，青音姐请我来，我也非常高兴，第一时间就过来了。刚刚在活动开始之前屏幕上有一句话："抑郁症是什么，抑郁症的概念是什么，你离抑郁症有多远？"这句话让我非常惭愧，因为在过去很长一段时间里，我觉得人有喜怒哀乐，这是很正常的情绪，我们每个人都有，不可能每天都很快乐，也不可能每天都很低沉，情绪是起伏的、有规律地变化的。直到有一天，我的一个同事让我发现——原来你的情绪会生病。她是我的化妆师，得了产后抑郁症。生完孩子以后，她完全没有作为母亲的幸福和快乐，每当她看到孩子的时候就非常愤怒，她每天的想法是把孩子扔进洗衣机绞死。但是好在她在第一时间把这种想法跟家人分享了，慢慢地恢复了健康。今天文文姐的状态非常好，我相信以后你会越来越好，加油。

所以抑郁症患者是有好的可能和希望的，我觉得我们爱的联盟非常有意义，我们大家可以一起携起手来关注、关爱抑郁症患者，还他们一个精神明亮的世界，因为这个世界本该就是这个样子。谢谢。

我知道，你也曾在深夜无力地痛哭过

蒋 术

其实我对于这个书名很是纠结，因为这个"女主播抑郁症日记"副标题，让"抑郁症患者"像个标签一样贴在我脑门子上，拿不掉了。

我是极不愿意被人标签化的。因为任何人都不应该被某一种病来定义，比如什么抗癌斗士、艾滋天使、渐冻人、玻璃宝宝……那都只不过是他面对病症的某一种时刻和状态而已。

一提到抑郁症，人们还是好像觉得我得了个特别与众不同的病一样——看来是有钱有闲，看来是有知识有思考，搞不好会自杀，好可怕……

大多数时候，我身边的人们聊起抑郁症，都是这个反应。好像这是一种明星或富豪才得的病，又或者这是一种得了就会痛不欲生的病。

好吧，那就看看我这个被贴了"抑郁症患者"标签的人的典型生活吧。

这一年，我康复后，重新找了份工作，是一个全新的领域，创业型公司，我从媒体人蜕变成一个市场人、一个管理者，压力不小，强度很大。

我乐颠颠地吃吃喝喝，这一年去了昆明、苏州、黄姚古镇、港澳等地短期旅行，并计划去以色列。我业余时间学了古筝，兼职写写文字。我偶尔飞到各地看话剧、看演出、看展览。

我结了婚，有了小家庭。

……

你看，这就是一个抑郁症患者的真实生活。要说和很多人有什么不同，那就是我这一年还读了很多心理学书籍；这一年里，每当我略感到莫名的忧伤乏力，或者心情挫败时，就会抽空去心理中心寻求帮助。我还会在情绪低落的时候，用晒太阳、运动出汗、吃香蕉和巧克力来简单调节。其实，这就好像感冒初期，当发现有点儿不舒服了，就要赶紧多喝热水，煮碗姜汤，熏熏醋一样。

这一年或许还有些事情与你不同，比如很多人知道我得过抑郁症，便悄悄来告诉我他们其实也有类似症状，向我寻求帮助。是的，悄悄。在我的微博里，很少有人直接在评论里留言，但是私信里却塞满了关于抑郁症的咨询。

是什么，让我们如此胆怯或羞于承认抑郁症呢？

这一年，我很多次在电话里，听到了朋友无力的哭诉。我一般也都报以看似无力的回答："是啊是啊，我明白，真是很难受啊。但我也没有什么办法，你去看看医生吧。"但是，大部分人哭完之后，拒绝就医。

是什么，让我们如此懒怠或者不信任治疗抑郁症的医学方法呢？我并没有答案。

作为一篇后记，我会猜想，你是谁？是什么会让你决定买下这本书？又是什么让你看到了这里？一定是因为你在某个夜晚，和我一样痛哭过；你在某一个清晨，和我一样无力过。

在与出版社商定书名的时候，我已经康复。想起那段日子，感觉就像是一场噩梦。但正是因为这一场噩梦，让我看到很多不离不弃的爱，让我学会接受挫败和无力。这噩梦并不是绝顶；相反，在每一个狭小逼仄的入口，其实都是仿佛若有光，初极狭，复行数十步，豁然开朗。

图书在版编目（CIP）数据

仿佛若有光：女主播抑郁症日记/赵青音，蒋术著.
—厦门：鹭江出版社，2016.3
ISBN 978-7-5459-1036-0

Ⅰ.①仿…　Ⅱ.①赵…　②蒋…　Ⅲ.①日记—作品集—中国
—当代　Ⅳ.①I267.5

中国版本图书馆CIP数据核字（2015）第262325号

FANGFU RUO YOUGUANG:NVZHUBO YIYUZHENG RIJI

仿佛若有光：女主播抑郁症日记

青音、蒋术　著

出版发行：海峡出版发行集团
　　　　　鹭 江 出 版 社
地　　址：厦门市湖明路22号　　　　　　　　邮政编码：361004
印　　刷：北京博海升彩色印刷有限公司
地　　址：北京市通州区中关村科技园区通州园
　　　　　金桥科技产业基地环宇路6号　　　　邮政编码：10020
开　　本：880mm×1230mm　1/32
插　　页：2
印　　张：9.75
字　　数：180千字
版　　次：2016年3月第1版　2016年3月第1次印刷
书　　号：ISBN 978-7-5459-1036-0
定　　价：34.90元

如有发现印装质量问题请寄承印厂调换